I0562246

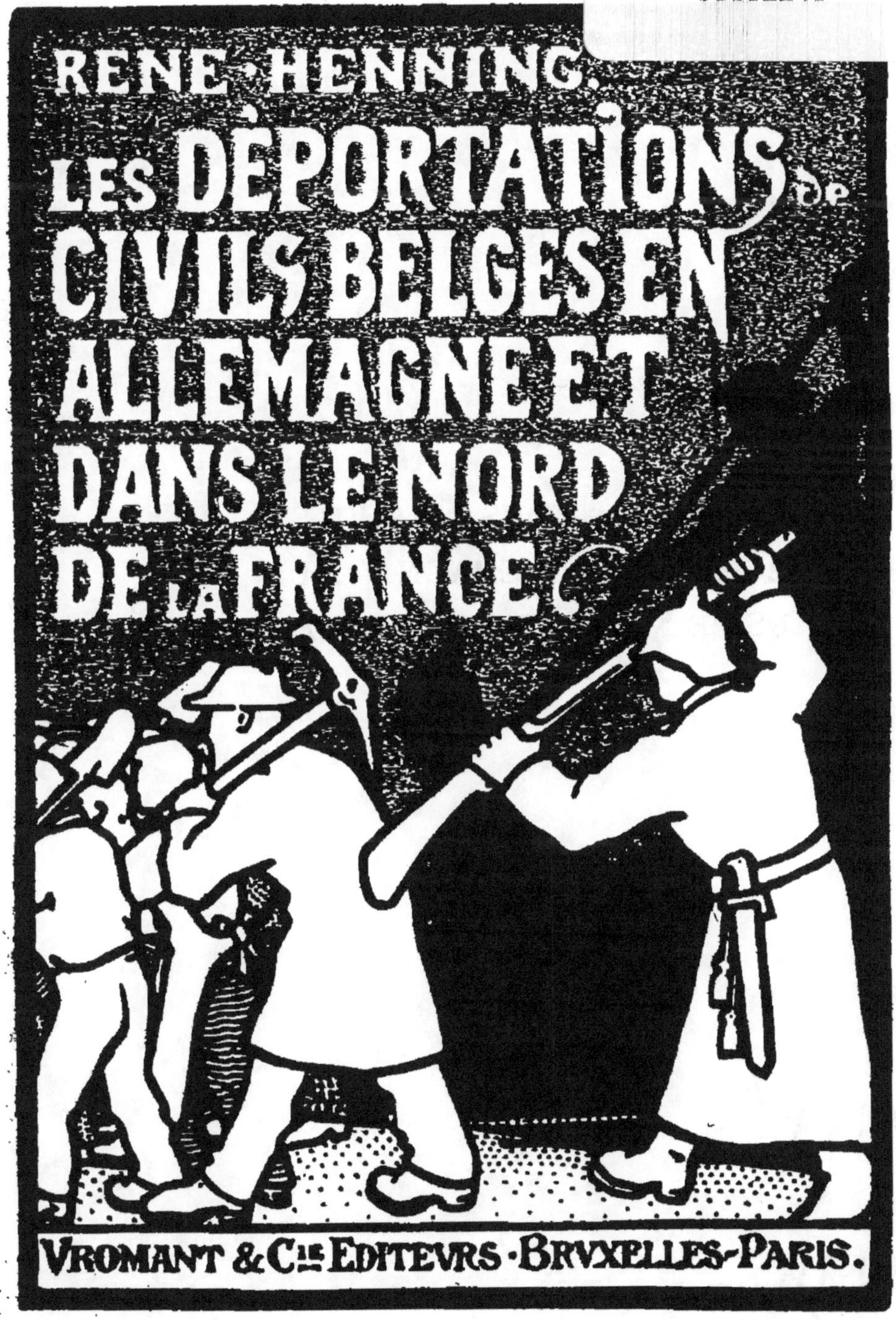

RENE·HENNING·
LES DÉPORTATIONS DE CIVILS BELGES EN ALLEMAGNE ET DANS LE NORD DE LA FRANCE·

VROMANT & Cie EDITEVRS·BRVXELLES-PARIS.

LES DÉPORTATIONS DE CIVILS BELGES EN ALLEMAGNE ET DANS LE NORD DE LA FRANCE

8° M
18768

LES DÉPORTATIONS DE CIVILS BELGES

EN ALLEMAGNE ET DANS LE NORD DE LA FRANCE

PAR **René HENNING,** *du Comité de Secours aux Déportés. — Précédé d'une introduction juridique de* M. E. DE LE COURT, *Avocat Général à la Cour d'Appel de Bruxelles.*

ACQUISITION Nᵒ 246305

VROMANT & Cᵒ, IMPRIMEURS-ÉDITEURS
3, RUE DE LA CHAPELLE, BRUXELLES
37, RUE DE LILLE, PARIS 1919

A

Madame la Comtesse JEAN DE MERODE,
qui couvrit de sa bonté et de sa sollicitude
les martyrs des déportations,

Je dédie respectueusement ce livre.

R. HENNING.

INTRODUCTION JURIDIQUE

L E Droit Naturel comme le Droit des Gens condamnent d'une façon absolue l'odieux système de déportation de civils belges et de travail forcé leur imposé.

DROIT NATUREL. — Toute créature humaine a la liberté absolue de disposer de sa personne et de son genre de vie. La Liberté du Travail est donc de l'essence même de la nature humaine, et la servitude absolue qu'il était réservé à la « Kultur allemande » de rétablir après près de vingt siècles de christianisme, est contraire au droit naturel.

Les différentes formes de servitude modérée ou relative, et de soumission, doivent respecter ce principe fondamental, *que la nature assure à chacun le droit de vivre avant tout pour Dieu, pour la Patrie et pour soi-même*; que le système de travail forcé, que les arrêtés de l'occupant des 15 août 1915 et 16 mai 1916 ont essayé de couvrir de quelques oripeaux juridiques, ait abouti en fait au rétablissement de l'esclavage antique dans toute sa monstruosité, c'est ce que l'on ne saurait contester, après avoir pris connaissance des nombreuses déclarations faites par les déportés qui ont eu le bonheur de revoir leur pays.

L'occupant n'est en Belgique qu'en suite d'une

violation flagrante du droit et au mépris de la parole solennellement donnée. Le pouvoir de fait et purement temporaire qu'il doit à la force des armes, ne lui confère pas le droit d'imposer au Peuple belge des obligations qui ne pourraient trouver leur base que dans le devoir corrélatif au droit de vivre avant tout pour Dieu, pour sa Patrie et pour soi.

Tout le système, qu'il s'agisse de servitude absolue, de servitude modérée ou relative, ou de soumission, croule donc par sa base, sans que le Droit Naturel permette même d'en tenter un essai quelconque de justification.

DROIT DES GENS. — Le fondement premier du droit international est cette loi de justice et de charité commune à tous les hommes et qui fait corps avec le droit naturel.

Le Droit des Gens n'est que l'ensemble des principes ou règles de droit qui gouvernent les relations entre les gens, c'est-à-dire entre les Etats, les Nations, les Peuples, les Puissances.

Ces principes ou ces règles ne sont autres que le droit naturel appliqué aux relations entre les Etats. Le droit des gens ne saurait être en contradiction avec la loi morale, ni avec le droit naturel, qui n'est que l'émanation de cette loi.

Une constitution, une pratique, un système condamnés par le droit naturel ne peuvent donc être ni admis, ni approuvés par le droit des gens.

Qu'une nation, orgueilleuse de sa force et de

sa puissance, établisse semblable constitution — qu'elle ait recours à une pratique contraire au droit naturel, qu'elle impose par la force, par la contrainte physique ou morale, elle en supportera seule toute la responsabilité; mais jamais et à aucun titre, elle ne pourra se réclamer de la conscience juridique commune des nations dont le Droit des Gens procède directement et sans laquelle il ne saurait exister.

Aussi, lorsque les Représentants des quarante-quatre Etats de l'Europe, de l'Asie, de l'Afrique et de l'Amérique, réunis pour la seconde fois à la Haye, en octobre 1907, tentèrent un essai de codification des lois et coutumes de la guerre sur terre en adoptant le règlement annexe à la Convention du 18 octobre 1907, il fut expressément constaté par les Hautes Parties contractantes, « que dans les cas non compris dans les dispositions réglementaires adoptées par Elles, les populations et les belligérants restaient sous la sauvegarde et sous l'empire du Principe du Droit des Gens *tels qu'ils résultent des usages établis entre nations civilisées, des lois de l'humanité et des exigences de la conscience publique* ».

Et le règlement annexe à la Convention du 18 octobre 1907 s'inspire directement des principes les plus élémentaires du droit naturel, en ses articles 46 et 52, dont il n'est pas sans intérêt de rappeler ici les termes formels :

ARTICLE 46. — L'honneur et les droits de la famille, la vie des individus et la propriété privée ainsi que l'exercice des cultes doivent être respectés.

La propriété privée ne peut pas être confisquée.

ARTICLE 52. — Des réquisitions en nature et des services ne pourront être réclamés des Communes ou des habitants que pour les besoins de l'Armée d'occupation. Ils seront en rapport avec les ressources du pays *et de telle nature qu'ils n'impliquent pas pour les populations l'obligation de prendre part aux opérations de la guerre contre leur patrie.*

La première Propriété, la plus essentielle à l'homme pour réaliser sa fin et sa destinée ici-bas, est la propriété de soi, le droit absolu de disposer de sa personne, base inébranlable et inattaquable de la liberté de travail.

Les nombreuses déclarations toutes précises et concordantes des déportés revenus au pays, montrent, sans qu'il soit possible à tout esprit de bonne foi de le contester, que le travail imposé aux civils belges, sans avoir aucun rapport avec les besoins de l'armée d'occupation, impliquait nettement l'obligation de prendre part aux opérations de guerre contre leur patrie.

A ce double titre, l'occupant, en prenant les mesures de déportations à l'égard de civils belges, en vue du travail forcé qu'il savait devoir leur être imposé, et le Gouvernement Impérial en maintenant, malgré toutes les protestations, ce système odieux et barbare, ont violé sciemment les articles 46 et 52 du Règlement annexé à la Convention de

La Haye du 18 octobre 1907, règlement auquel les Hautes Parties contractantes s'étaient solennellement engagées à conformer les instructions à donner à leurs forces armées de terre concernant les lois et coutumes de la guerre.

La déportation de civils belges, le travail forcé leur imposé sont condamnés par le Droit Naturel; contraires au Droit des Gens, ils constituent une violation flagrante des articles 46 et 52 du Règlement annexe à la Convention de la Haye du 18 octobre 1907.

Qu'importe, dès lors, que par deux arrêtés aussi fourbes qu'hypocrites, et dont l'intitulé seul est un outrage immérité à la population belge, arrêtés du 15 août 1915 et du 15 mai 1916 : « concernant les chômeurs qui par paresse se soustraient au travail », l'occupant ait tenté de dissimuler sous une vaine armature juridique tout l'odieux et tout l'arbitraire des mesures prises par lui.

Il importe de ne pas perdre de vue que loin de prendre des mesures destinées à remédier au chômage industriel qu'entraîne nécessairement l'état de guerre, mesures que l'article 46 de la Convention de La Haye l'autorisait à prendre, l'occupant, sans se donner la peine de cacher le but poursuivi, a fait tout ce qu'il a pu pour étendre et généraliser le chômage et rendre impossible toute reprise sérieuse du travail.

Les réquisitions et les confiscations de toutes les matières premières nécessaires à l'industrie se trouvant en Belgique, les saisies et les confiscations de machines, machines-outils et autres, devaient aboutir à la fermeture de toutes nos grandes usines et manufactures.

Les arrêtés des 17 février et 21 juillet 1917, concernant les exploitations industrielles et les ateliers, l'arrêté du 2 mai 1916 concernant les travaux destinés aux chômeurs vinrent paralyser les efforts faits, tant par l'industrie privée que par les institutions publiques, en vue de porter remède à la situation malheureuse des travailleurs belges.

Nous sommes loin, on le voit, de la Proclamation du 2 septembre 1914, par laquelle le Feldmaréchal von der Goltz s'adressant à la population, lui disait : « Autant que faire se pourra, le commerce devra être repris, *les usines devront recommencer à travailler*, les moissons être rentrées. »

Après avoir généralisé la plaie, au point de la rendre inguérissable, l'occupant prenant une attitude où l'odieux le dispute au grotesque, s'arroge le droit d'édicter des mesures répressives contre ceux qui souffrent, et qu'il a mis lui-même dans l'impossibilité de trouver un adoucissement à leurs souffrances.

Les deux arrêtés allemands des 15 août 1915 et 15 mai 1916 n'ont reçu aucune application en ce qui concerne les peines d'emprisonnement et d'amende, comminées contre les chômeurs qui par paresse se soustraient au travail.

On sait d'autre part — les déclarations des dépòrtés revenus d'Allemagne sont là pour l'établir — combien la disposition en vertu de laquelle « tout motif concernant le refus de travailler devait être valable s'il était admis par le Droit des Gens », est restée lettre morte.

Il ne reste donc de ces deux arrêtés que la faculté que concède l'article 2 de l'arrêté du 15 mai 1916 aux gouverneurs, commandants militaires et chefs d'arrondissement, *d'ordonner que les chômeurs récalcitrants soient conduits de force aux endroits où ils doivent travailler.*

Et c'est en vertu de cette disposition qu'aurait été instauré en Belgique le système odieux de la déportation des civils belges et du travail forcé leur imposé.

C'est la force.... Ce n'est pas le Droit.

Mais la force ne crée pas le droit. Il existait avant elle, il existe sans elle et malgré elle, elle peut le vinculer mais non l'anéantir.

On l'a dit avec infiniment de vérité : « le Droit lui-même après tout, n'est qu'un mot, mais c'est un mot immortel ; c'est une force que rien n'étouffe, qui vit dans le fond des cœurs, qui y vit comme d'une flamme inextinguible, et c'est à sa flamme que Dieu allumera un jour l'incendie de sa Justice et de sa Vengeance. »

La déportation des civils belges en Allemagne restera une des pages les plus douloureuses et les plus lugubres de l'histoire de l'occupation allemande en Belgique.

Jamais, en aucun acte du pouvoir de fait qu'il exerce, l'occupant n'a manifesté avec un pareil cynisme son mépris ou son ignorance absolue du droit, qu'il s'agisse du Droit Naturel, du Droit des Gens ou des dispositions formelles et positives du Règlement annexé à la Convention de La Haye du 18 octobre 1907, que l'Empire d'Allemagne s'était engagé solennellement à respecter.

E. DE LE COURT,
Avocat général à la Cour d'Appel
de Bruxelles.

LES DÉPORTATIONS DE CIVILS BELGES
EN ALLEMAGNE ET DANS LE NORD DE LA FRANCE

- PREMIÈRE PARTIE

CHAPITRE PREMIER

Le Chomage

PLUSIEURS mois, sinon plusieurs années avant que fût déclenchée la guerre européenne, le commerce et l'industrie belges se ressentaient du malaise créé par une situation diplomatique peu nette, que tous les pays s'accordaient à reconnaître provisoire. La Bourse, thermomètre sensible de l'état des affaires, se laissait fortement influencer par le moindre événement, et chacun craignait une catastrophe qui viendrait révolutionner le système économique du monde. Nous vivions dans l'incertitude, dans l'hésitation; celles-ci se muèrent en angoisse dans la deuxième quinzaine du mois de juillet 1914.

Si notre pays craignait le fléau qui devait s'abattre sur lui, c'est parce qu'il en ignorait la direction et la nature. Depuis plus de quatre-vingts ans, il vivait paisible et prospère, dans la sphère étroite que lui assignaient des traités dont la précision arrêtait souvent ses initiatives, mais assuraient, en même temps, sa quiétude.

La tutelle quelque peu mesquine dont les grandes puissances couvraient la Belgique, empêchait que celle-ci pût craindre d'être entraînée un jour dans un conflit mondial, et les assurances formelles, les

2

déclarations données sur l'honneur devaient être plus difficiles à abattre que les armées les mieux aguerries, les forteresses les mieux défendues. Quoi que l'on eût dit, notre pays devait admettre que le miracle de 1870 se reproduirait. Aussi le commerce et l'industrie ne se troublaient-ils qu'à l'idée de la répercussion néfaste qu'aurait sur eux un conflit entre les grandes nations voisines.

Une guerre entre les grandes puissances, c'était pour la Belgique la mobilisation générale; c'était la fermeture de la plupart des débouchés; c'était l'accroissement considérable de la dette; c'était, à côté de quelques richesses provisoires, une accumulation de ruines; c'était le problème de l'alimentation posé dans toute son ampleur. Ces conséquences d'une guerre maintenue hors de nos frontières, étaient suffisamment graves pour justifier le trouble qui se manifestait dans toutes les branches de notre activité nationale.

Aussi un étonnement allant jusqu'à la prostration s'empara-t-il de notre population, lorsque, le 2 août 1914, l'Allemagne, tutrice de la Belgique, garante sur l'honneur de son indépendance et de sa neutralité, voulut par la force des armes franchir notre territoire. C'était la guerre.

La Belgique, consciente des horreurs que ce fléau entraîne avec lui, les acceptait avec un courage résolu, mais non sans une émotion profonde, une immense tristesse.

Quels sentiments divers agitaient en ces moments

le cœur de nos populations ! Les milliers de dra-
peaux qui, spontanément, tapissèrent les façades,
même des plus petites maisons dans la plus petite
bourgade, répandaient un enthousiasme inconnu
des générations passées ; le défilé ininterrompu des
réservistes, dont l'imagination seule calculait le
nombre, inspirait la confiance ; la juvénile ardeur
des milliers de volontaires, qui allaient offrir au
pays l'aide de leur vie et l'appoint de leur insou-
ciante gaîté, mêlait dans les yeux des mères la douleur, la fierté et la joie, tandis que les quêteuses de
la Croix-Rouge attiraient les regards vers l'horrible
vision des champs de bataille, sur lesquels plane la
Mort s'égayant des plaintes étouffées et des cris
déchirants des pauvres petits soldats blessés.

Qu'elles étaient loin, en ces moments sublimes et
terribles, nos préoccupations intéressées et mercan-
tiles ! Les soucis du lendemain étaient absorbés par
les exigences de l'heure. Qu'importait la marche
de notre industrie, l'activité de notre commerce?
Une seule considération dominait toutes les autres : défendre notre sol menacé !

Mais les événements se précipitèrent : notre armée héroïque ployait sous le nombre ; l'arc de l'en-
vahissement se rétrécissait chaque jour davantage,
et bientôt la Belgique entière fut envahie.

A l'oppression sans scrupule exercée par l'occupant parjure, s'ajoutèrent bientôt les affres de la
misère et les souffrances de la faim. Les ouvriers se
promenaient, mélancoliques, devant les portes

de l'usine déserte, de l'atelier silencieux. Le travail avait fui. Comment et au profit de qui aurait-il pu accomplir sa féconde mission? Les matières premières n'arrivaient plus : les voies de communication étaient coupées et l'incertitude du lendemain paralysait à la fois les commandes et la fabrication.

Le maréchal von der Goltz, dès sa nomination en qualité de Gouverneur Général de Belgique, ordonna la reprise du commerce et imposa aux usines l'obligation de recommencer le travail *dans la mesure du possible.*

C'était le 2 septembre 1914 : Les armées allemandes manœuvraient partout en Belgique : des combats sanglants se livraient autour d'Anvers ; les ruines de Louvain fumaient encore et les cadavres des civils assassinés gisaient toujours dans les rues désertes de Visé, de Tamines, d'Aerschot et d'ailleurs ; von der Goltz négligea, et pour cause, d'indiquer les mesures qu'il tenait en réserve pour rendre au commerce et à l'industrie la vie qu'il en avait chassée.

Si notre activité nationale devait reprendre, c'était sans nul doute pour que le peuple pût, dans le labeur, retrouver ses ressources ; pour que la charité publique fût déchargée d'un fardeau trop lourd ; pour que les bandes de désœuvrés ne devinssent pas une cause de trouble et ne détruisissent pas l'aspect calme et enjoué dont l'Administration allemande voulait parer les cités belges.

Mais, est-ce bien ce but que visait l'arrêté du

4 janvier 1915 du nouveau Gouverneur von Bissing, ou bien celui-ci répudiait-il l'héritage de son prédécesseur? Cet arrêté engageait les fonctionnaires à rester à leur poste, en leur promettant qu'il ne serait pas réclamé d'eux des services dans l'intérêt direct de l'armée allemande. L'adjectif « direct » a un son bien étrange et ouvre la porte à des thèses dangereuses et délicates. D'autre part, il était certains fonctionnaires dont la guerre avait supprimé l'emploi, spécialement ceux des Ministères de la Guerre, des Colonies, des Affaires Etrangères; il en était d'autres que des considérations patriotiques, consacrées par la Convention de La Haye, enlevaient à leurs occupations : ceux des départements du Chemin de fer notamment. L'inertie de ceux-là était approuvée même par les journaux allemands dont le pangermanisme ne saurait être suspecté.

Le personnel des chemins de fer forme une légion; il recevait de temps à autre une avance sur les traitements arriérés. Les cheminots s'en contentaient, sachant que leur inactivité complétait l'œuvre héroïque de nos soldats. L'autorité allemande le savait aussi; et c'est pourquoi elle décida que *les traitements qui, à l'insu ou contrairement à la volonté du Gouvernement allemand, seront payés par les anciennes autorités belges aux fonctionnaires belges, sont passibles de confiscation* [1].

1. Arrêté du 4 janvier 1915.

C'était donc, de propos délibéré, et contrairement à tout droit, ajouter des milliers de noms à la
liste déjà longue des sans-travail nécessiteux.

S'il fallait, au dire de l'arrêté du 2 septembre
1914, que le commerce reprît, il fallait d'autre part
que le nombre de sans-travail officiellement secourus par la charité publique augmentât !

Il serait cependant injuste de soutenir que le
gouvernement allemand ne fit rien pour faciliter le
développement du commerce ! En même temps
qu'il dirigeait vers les œuvres de secours un flot,
chaque jour grossi, d'indigents, le Colonel Général
baron von Bissing autorisa la création de foires
aux poulains à Hal, Enghien, Soignies, Nivelles et
Wavre. Il déclara expressément que *ces marchés se
tiendraient à l'exclusion de toute réquisition militaire*. Pourrait-on nier l'idée généreuse, la sollicitude qui avaient dicté cette mesure si favorable à
nos éleveurs, et qui devait, cela va sans dire, contribuer, dans une mesure appréciable, au bien-être
général de la Belgique? C'est à cette fin, sans doute,
que le Gouverneur Général décida que les *transac-
tions se feront avec la collaboration de représentants
des chambres d'agriculture rhénane et westphalienne
qui, à l'exclusion des marchands, seront admis comme
acheteurs* [1].

C'était l'aveu, dépourvu d'artifices !

Le commerce devait reprendre, mais uniquement

---

1. Avis du 4 janvier 1915.

avec l'Allemagne. C'est l'envahisseur qui avait un besoin pressant des produits de notre élevage, de notre agriculture, de notre industrie, de toute notre activité enfin.

Cette constatation permettait à la Belgique de craindre que bientôt la rugueuse main allemande s'appesantît sur tous nos services publics et privés. Et, de fait, systématiquement, méthodiquement, nos libertés, nos initiatives furent circonscrites dans les limites de plus en plus étroites d'arrêtés successifs, ou de mesures prises d'office. Les Ministères encore en fonction ne purent plus agir que sous le contrôle minutieux de fonctionnaires allemands. Dans tous les arrondissements, des Kreischefs, pétris de l'esprit militaire et administratif teuton, jugulèrent la liberté des organisations communales. Chaque jour, des décisions tombaient du sommet de l'échelle administrative. Chaque échelon imprimait une rudesse nouvelle à la mesure, qui finissait par s'abattre meurtrière sur les populations.

Les gouverneurs provinciaux furent dépouillés de leurs pouvoirs au profit des gouverneurs militaires, et la présidence des députations permanentes fut exercée par des fonctionnaires allemands [1]. Les privilèges des provinces et des communes, sanctifiés par de longs siècles de luttes et de souffrances, furent emprisonnés dans leurs historiques hôtels :

1. Arrêté du 3 décembre 1914.

vieux souvenirs confiés à la garde d'une sentinelle grise.

En considérant ce pouvoir central qui, du haut de son omnipotence, jette un regard scrutateur sur tout un peuple, on pourrait s'imaginer que seules les grandes questions sont susceptibles d'arrêter son attention inquiète. Que peut lui importer le détail? La manifestation d'initiatives individuelles doit le laisser bien indifférent. Profonde erreur ! L'administration allemande entend sonder les reins et les cœurs. Ses chimistes ou ses psychologues recherchent, sans doute, dans leurs laboratoires ou dans leurs cabinets d'études, le moyen de cristalliser les pensées, afin de les faire tomber sous l'application d'une loi.

Partout l'indiscrétion allemande s'insinuait, en uniforme ou en civil. Plus rien n'échappait à la vigilance de l'occupant, qui pouvait dès lors décréter à l'aise : ses ordres seraient exécutés avec tout le soin que l'on peut attendre des valets du bourreau.

CHAPITRE II.

Systématiquement l'Allemagne étend le chomage.

L'Allemagne tenait donc en mains toutes les ressources de notre activité. Le peuple ne respirait plus qu'en vertu d'un arrêté. C'était le moment d'inventorier ce que la Belgique possédait encore en matières premières et en main d'œuvre. La Germanie manquait de l'une et de l'autre.

Dès le mois de janvier 1915 [1], les métaux durent être déclarés. Nous n'entendons pas détailler toutes les marchandises qui, successivement, durent être déclarées, furent saisies ensuite et enfin durent être livrées. Nous nous bornerons à citer en exemple les réquisitions dont furent frappés les chevaux. La progression est édifiante :

Le 11 août 1916, les chevaux de 3 *ans et plus* sont réquisitionnés.

Le 30 mars 1917, la réquisition atteint les chevaux et mulets *de 2 ans et plus*.

Le 5 juillet de la même année, ce sont les chevaux et les mulets de *un an et plus* qui sont frappés.

Enfin le 1er juillet 1918, *les chevaux et les mulets*

---

1. Arrêté du 25 janvier.

malades doivent être offerts à l'administration allemande.

Cette gradation dans les exigences est suggestive. Elle s'applique à toutes les marchandises et est singulièrement renforcée par une trouvaille nouvelle du génie allemand : *les Zentrales*. C'est dans ces organismes nouveaux que trouvèrent place tous les espions allemands qui, avant la guerre, sillonnaient la Belgique. Ils connaissaient tous les fabricants, les négociants ; ils n'ignoraient rien des stocks, de la capacité productive des usines, et bien souvent opposaient à des déclarations atténuées, les arguments décisifs d'un inventaire ou d'un bilan qu'ils avaient extorqués.

Ainsi méthodiquement vidées, les dernières usines en activité durent fermer leurs portes et congédier les ouvriers qui entendaient trouver dans le travail leur gagne-pain. Le nombre des chômeurs croissait, et le 1er avril 1915 le Comité National de Secours et d'Alimentation, vint en aide aux communes qui succombaient sous des charges trop lourdes.

La question du secours aux chômeurs était ainsi résolue, et nos ouvriers ne se trouvaient pas dans l'horrible alternative de voir leur famille mourir de faim ou de se jeter dans les bras ensanglantés de ceux qui assassinaient leurs frères. C'est là pourtant que l'Allemagne voulait aboutir.

Son souci de trouver de la main d'œuvre se manifestait dès le mois de novembre 1914, quand

von der Goltz décréta que *sera puni d'emprisonne-*
ment quiconque aura tenté de retenir, par la con-
trainte, par la menace, par la persuasion ou par
d'autres moyens, de l'exécution d'un travail destiné
aux autorités allemandes, des personnes disposées à
fournir ce travail ou des entrepreneurs chargés par
les autorités allemandes de l'exécution de ce travail[1].

Dès 1914, l'Allemagne voulait trouver en Belgique la main-d'œuvre nécessaire à ses usines, à son
agriculture, dont la production devait été forcée.

Elle escomptait la misère, la faim dont le peuple
souffrait, pour atteindre son but. Bientôt les murs
de nos villes se couvrirent d'affiches engageant les
travailleurs à s'offrir à l'industrie ennemie. Elles
promettaient aux malheureux que l'inanition guet-
tait, une nourriture abondante; elles faisaient miroiter aux yeux des pauvres diables, dont la bourse
était vide, des salaires élevés; elles parlaient aux
sans-logis, pauvres hères toujours en quête d'une
couchette, de logements sains, chauffés, souriants.

Infâme supplice de Tantale, que les Allemands
accentuèrent encore plus tard. Nos pauvres, nos
miséreux, nos crève-la-faim, se trouvaient dans
l'alternative d'être bien logés, bien chauffés, bien
nourris et de trahir leur patrie, ou de se traîner
péniblement, à travers mille souffrances, vers les
soupes communales et de rester patriotes. Et ils
restèrent patriotes.

1. Arrêté du 19 novembre 1914.

Avec raison, nous nous sommes inclinés très bas
devant les héros de notre délivrance, devant ceux
dont les sacrifices édifièrent le socle de gloire sur
lequel la Belgique se dresse aujourd'hui. Mais nous
devons nous découvrir aussi devant cette armée de
pauvres, de simples, qui sans ostentation, naïve-
ment presque, souffrirent lentement les mille morts
dont la faim frappe avant de tuer. Ils n'avaient
pas, ceux-là, pour les soutenir, les entraîner, l'idéal
sublime qui apparaît aux esprits cultivés ; ils
n'avaient pas pour les entraîner, l'enthousiasme de
la bataille, les appels du clairon, l'enivrement de la
lutte. Non, ils chômaient et mouraient simplement,
loin de l'arène sur laquelle les regards se rivaient,
dans quelque mansarde froide, ou, sous les coups
de la tuberculose, dans quelque salle d'hôpital.
Brave et noble peuple !

La morgue allemande dut souffrir du lamentable
échec infligé au système, nouveau pour elle. Habi-
tuée à ordonner, sanctions à l'appui, elle n'avait
pas à se féliciter de l'accueil réservé à ses tentations maladroites ; aussi en revint-elle rapidement
à ses anciennes coutumes, plus en harmonie avec sa
pitoyable mentalité.

Elle consentit cependant une transition. Le 18
juillet 1915, von Bissing toujours, voulut bien com-
menter à l'usage des Belges qui auraient pu les
ignorer, les articles 42 et 43 de la Convention de
La Haye. Ce commentaire aboutit à cette lumi-
neuse conclusion : *Tout Belge qui obéit à l'adminis-*

tration allemande ou seconde ses efforts, ne sert pas le pouvoir occupant, mais sa propre patrie. Tout Belge qui résiste à l'administration établie de fait ne nuit pas à l'Empire allemand, mais à son pays, à la Belgique même, et une telle manière d'agir n'est ni courageuse, ni patriotique. Jamais celui qui, sans réserve, coopérera au bien-être public, avec le pouvoir occupant, ne pourra équitablement être accusé de soumission à l'étranger, ni de trahison envers sa patrie....

« *... J'ai le devoir de sévir sans ménagement contre ceux qui troublent ouvertement ou secrètement l'ordre dans le pays et s'efforcent d'empêcher le rétablissement et le développement paisibles de la vie publique. Accomplissant ma mission, je punirai sans égards pour la personnalité, tous ceux qui résisteront par actes ou par paroles, et, s'ils occupent des fonctions publiques, je les destituerai...* »

Après ce discours très convaincant, les ouvriers allaient, sans aucun doute, se précipiter vers les bureaux des *Arbeitsamt*, et le problème de la main-d'œuvre en Allemagne se trouverait du coup résolu.

Il faut bien croire qu'il n'en fut pas ainsi et qu'une fois de plus, l'infaillibilité des prévisions allemandes fut mise en défaut, car un mois après son éloquent plaidoyer, von Bissing prit coup sur coup deux arrêtés *concernant les mesures destinées à assurer l'exécution des travaux d'intérêt public et les chômeurs qui, par paresse, se soustraient au travail.*[1]

1. **Arrêtés** des 14 et 15 août 1915.

Il s'agissait de donner à l'arrêté du 19 novembre 1914 une extension et une sévérité plus grandes. Cette fois, le dessein poursuivi est étalé dans toute sa brutalité : *Quiconque, sans motif suffisant, refuse d'entreprendre ou de continuer un travail d'intérêt public conforme à sa profession, et ordonné par une autorité allemande, sera passible d'une peine d'emprisonnement de police ou d'emprisonnement correctionnel d'un an au plus.* L'aide apportée au délinquant est passible d'une amende pouvant atteindre 10.000 Mk. et d'un emprisonnement d'un an au plus.

L'arrêté du 14 août 1915 visait tous les Belges, qu'ils fussent chômeurs ou non ; mais celui du lendemain n'intéressait que nos compatriotes *secourus par l'assistance publique ou privée.* Si ceux-là refusaient d'entreprendre ou de continuer un travail qui leur serait proposé, un emprisonnement de 14 jours à 6 mois pouvait leur être infligé. La différence de sanction est étrange. Faut-il en inférer que l'Allemagne s'efforcerait à s'emparer en ordre principal des ouvriers qui n'avaient pas cessé de travailler ?

Une constatation que tous nos compatriotes ont pu faire tendrait à l'établir :

Nous ne soutiendrons pas que les réclames et les menaces allemandes restèrent complètement sans résultat, et que tous les Belges passèrent dédaigneux ou goguenards à côté d'elles. Nous n'hésitons pas à reconnaître qu'un certain nombre de nos compatriotes — peut-on leur accorder ce nom? — acceptèrent les propositions de l'occupant. On vit dans les gares, dans les bureaux, dans les Zentrales allemandes, des Belges qui mirent leurs bras à la disposition de l'occupant. Mais quels bras et quelles mains, grands dieux ! Un fonctionnaire allemand, de service à la gare de Bruxelles Tour et Taxis, les jugea avec beaucoup de justesse : *Alle Belgier*, disait-il, *welche hier arbeiten, sind Diebe.* Nul n'entendra réformer ce jugement.

Toute l'administration allemande était de l'avis du fonctionnaire de Tour et Taxis; aussi cherchait-elle surtout à obtenir les services de ceux précisément qui ne venaient pas spontanément à elle.

Les administrations communales avaient entrevu depuis longtemps le but poursuivi par l'Allemagne. En vue d'éviter le développement du chômage, elles avaient décrété des ouvrages d'intérêt public qui permettaient d'utiliser tous les ouvriers de bonne volonté que les circonstances avaient plongés dans le désœuvrement.

Le paternel Gouverneur von Bissing ne tarda pas à attribuer à ces travaux l'échec auquel aboutissaient ses sourires et ses grimaces. Le 2 mai 1916, cette fois sans qu'il jugeât utile de justifier sa décision par quelque fantaisie juridique, il interdit aux communes de faire exécuter des travaux *qui, indirectement ou directement, ont pour but de procurer du travail aux chômeurs.* Cette décision ouvrit déjà plus largement le rideau qui cachait encore aux yeux des Belges le projet monstrueux de l'Allemagne.

Quelques jours plus tard, von Sauberzweig, gouverneur de Bruxelles, dont le cynisme s'était déjà manifesté ailleurs, se chargea d'arracher complètement le voile. Renchérissant sur les dispositions de l'arrêté du 15 août 1915, il prévit une peine d'emprisonnement de 14 jours à un an pour *quiconque est secouru par l'assistance publique ou privée et, sans motif suffisant, refuse d'entreprendre un travail qu'on lui a proposé.....*

Cette mesure pouvait prêter à confusion; von Sauberzweig le comprit, et voulut dissiper tout doute; il ajouta *qu'au lieu de recourir à des poursuites pénales, les gouverneurs, les commandants militaires et les chefs d'arrondissement peuvent ordonner que les chômeurs soient conduits de force aux endroits où ils doivent travailler* [1].

Le principe des déportations était proclamé. A partir de ce moment, une angoisse plus grande s'était abattue sur nos populations effrayées. Elles attendirent haletantes, mais le front haut.

1. Arrêté du 13 mai 1916.

CHAPITRE III.

LES DÉPORTATIONS SONT DÉCRÉTÉES.

Au mois de septembre 1916, l'Agence Havas jeta un cri de détresse. Il devait à ce moment n'être que l'écho du cri d'alarme lancé par la Belgique occupée. Havas annonçait que dans l'arrondissement d'Anvers, tous les Belges de 18 à 35 ans seraient conduits en Allemagne et que dans les environs de Brasschaet, le transfert avait déjà eu lieu.

Le *Bruxellois* [1] se hâta de reproduire cette information qui devait constituer l'exorde de la honteuse campagne qu'il allait mener, pour tenter de justifier le crime infâme que l'Allemagne s'apprêtait à commettre. Quelques jours plus tard, [2] en effet, le journal de la Kommandantur inséra des articles dithyrambiques à l'adresse de quelques Belges égarés qui avaient consenti à se vendre à l'ennemi.

« Des trains entiers emportent des ouvriers belges vers diverses régions de l'Allemagne, où ils vont chercher de nouveaux moyens d'existence que leur patrie leur a passagèrement refusés...

1. 22 septembre 1916, n° 715 éd. A.
2. 17, 18 et 29 octobre 1916, n°ˢ 739, 740, 752.

La Patrie, proclame la sagesse de toutes les nations, est partout où l'on est bien! Les poteaux-frontières n'infirmeront jamais cet axiome de simple bon sens et les plus fougueux champions des « Droits de l'Homme et du Citoyen » n'oseraient jamais, sous peine d'attenter à la liberté humaine, qu'ils ont avec raison, érigée en dogme sacré, rêver de rétablir l'esclavage forcé en retenant ici en Belgique, malgré eux et au mépris évident de leurs intérêts les plus saints, des ouvriers, qui veulent s'expatrier... »

L'auteur de cet article prouve bien la liberté humaine. Elle lui permet d'être allemand et proxénète ! C'est la liberté humaine que l'Allemagne invoque pour cacher la honte dont se couvrent ceux qui se vendent. Nous ne tarderons pas à voir le prix qu'elle attache à ce *dogme sacré*. Tartufe lui-même bondirait, si on voulait lui donner l'Allemagne pour filleule !

En attendant, il s'agit de préparer le peuple. Journellement, des lettres arrivent d'Allemagne. Elles émanent de Belges travailleurs volontaires qui louent, en termes émus, les trésors ignorés de l'hospitalière Allemagne. Les salaires y atteignent des hauteurs inconnues en Belgique; la nourriture y est abondante et soignée. C'est le thème grotesque que les journaux censurés devaient développer pour amener nos ouvriers à accepter les offres réitérées de von Bissing.

Faut-il s'étonner des rires qui accueillirent cette

piteuse réclame? Malgré l'épaisseur de son épi-
derme, le Gouverneur Général dut sentir la piqûre
du ridicule et suivant son habitude, il passa du
miel à la ciguë. Le 2 novembre, il fit insérer dans
ses journaux [1], le communiqué suivant :

« Premier départ de chomeurs pour l'Allemagne. Ces jours derniers, le transport forcé des
chômeurs du Gouvernement Général en Allemagne
a commencé. Les premiers envois se composaient
de chômeurs de l'arrondissement de Mons. Leur départ s'est effectué sans incident. A la gare de Mons,
dans le réfectoire réservé aux troupes, on a donné
un repas chaud aux chômeurs quittant le pays. »

C'est tout... L'infamie était consommée. L'Allemagne s'était marquée au front du fer de l'abjec-
tion.

1. *Le Bruxellois*, no 755, éd. A.

CHAPITRE IV.

EN ALLEMAGNE OU EN FRANCE !

L E 2 novembre 1916, l'Allemagne publia cyniquement le crime qu'elle perpétrait depuis de longs jours déjà.

Dès le 13 octobre, l'Etappenkommandantur 6/XIII de Courtrai, appliquant un arrêté daté du 3 du même mois, convoquait les ouvriers dans la cour de la caserne du Boulevard Vandenpeereboom, pour les déporter en Allemagne ou dans le nord de la France [1]. Et successivement, toutes les villes de l'étape reçurent des avis semblables. Les malheureux voués à l'exil devaient se munir d'une casquette, d'une écharpe, d'un veston, d'un pantalon, d'une paire de souliers, de 2 chemises, de 2 paires de bas, de 2 caleçons, d'un pardessus, d'une paire de gants, d'un imperméable, d'un essuie-mains, d'une gamelle, d'un couvert (cuiller, fourchette, couteau) et de deux couvertures.

Peut-on imaginer que l'Allemagne manifestât de pareilles exigences à l'égard de chômeurs, à l'égard de pauvres gens dont tout le mobilier tient dans une pièce étroite, dont le corps sert de garde-robe,

1. Voir planche I.

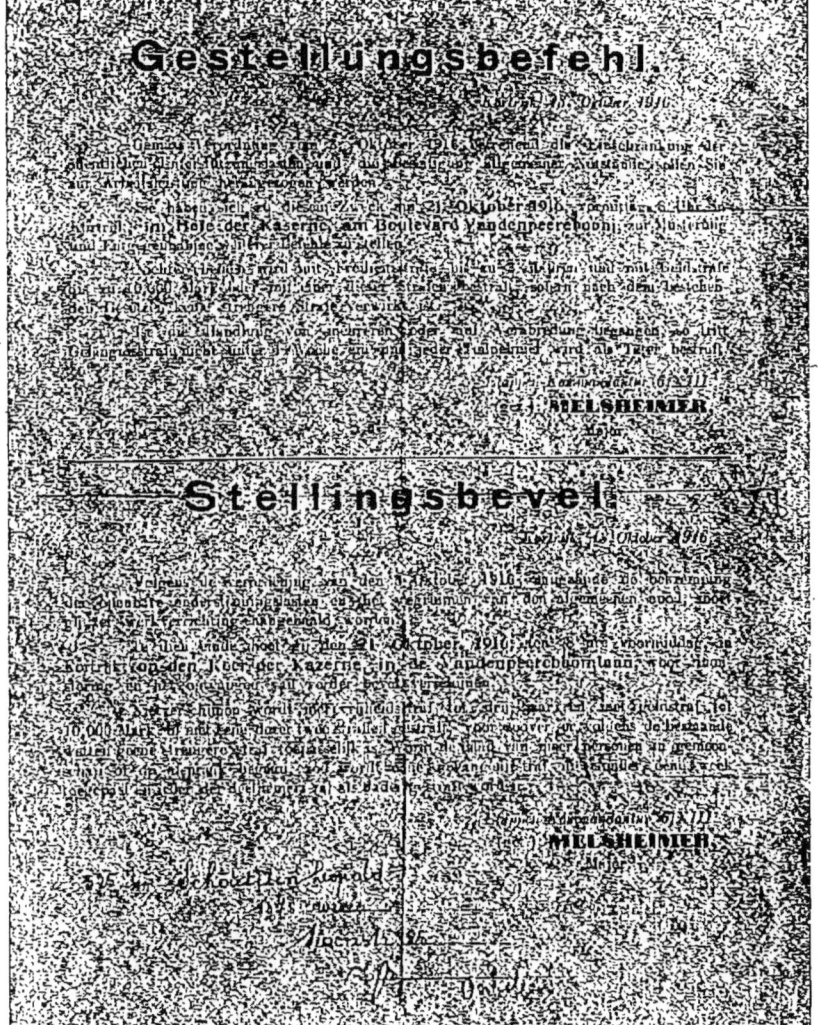

UNE CONVOCATION
adressée le 13 octobre
1916 aux civils de la ré-
gion de Courtrai.

Bevel tot verschijning N' 3

Volgens verordening van den generaalkwartiermeester van 3 October 1916 hebt gij u op *zaterdag* den *2 dezember* 1916, om 8 uur 's *na* middags

te Deinze in den „Volkskring"

aan te bieden. Daarbij is er mede te brengen : 1 hoofddeksel, 1 halsdoek, burgerlijke jas en burgerlijke broek, 1 paar schoenen of laarzen, 2 hemden, 2 paar kousen, 2 onderbroeken, 1 bovenjas, 1 paar lakensche handschoenen, 1 zeildoek als bescherming tegen regen, 1 handdoek, 1 eetkommetje, 1 eetgerief (lepel, vork, mes), 2 slaapdekens.

Zoover gij niet in het bezit zijt van genoemde voorwerpen of niet in staat zijt, om deze te koopen, hebt gij u te wenden tot het gemeentebestuur.

Er wordt inzonderheid attent gemaakt op § 3 van bovengenoemde verordening. (Verordeningsblad blz. 430) waarin diegene die weigert het werk te aanvaarden of het werk voort te zetten, streng gestraft wordt.

Zonder toelating der kommandantuur zijne woonplaats verlaten vóór de verschijning of niet gevolg geven aan bovenstaand bevel zal aanzien worden als weigering het werk te aanvaarden, en zal in evenredigheid ermede gestraft worden.

Bij de verschijning is dit bevel mede te brengen.

Deinze, den *27 November* 1916.

DE ETAPPEN-KOMMANDANT

ORDRE DE COMPARAITRE adressé aux civils de la région de Deynze.

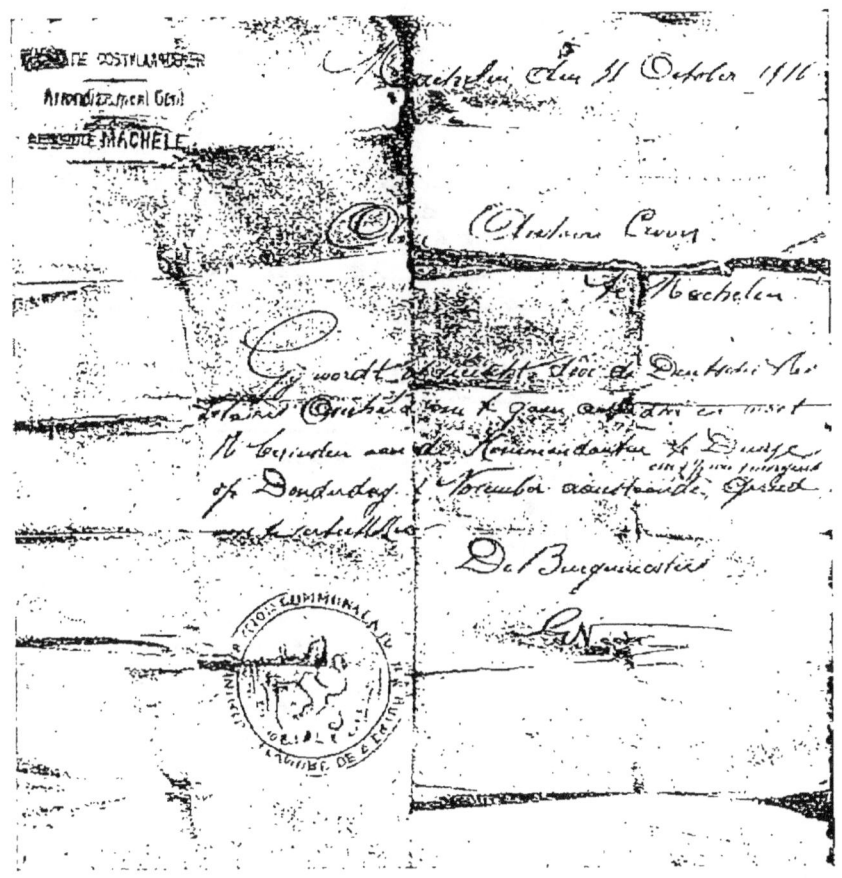

UNE CONVOCATION
fut adressée par l'Admi-
nistration communale
de Machelen sur ordre
de la Kommandantur.

PLANCHE IV.

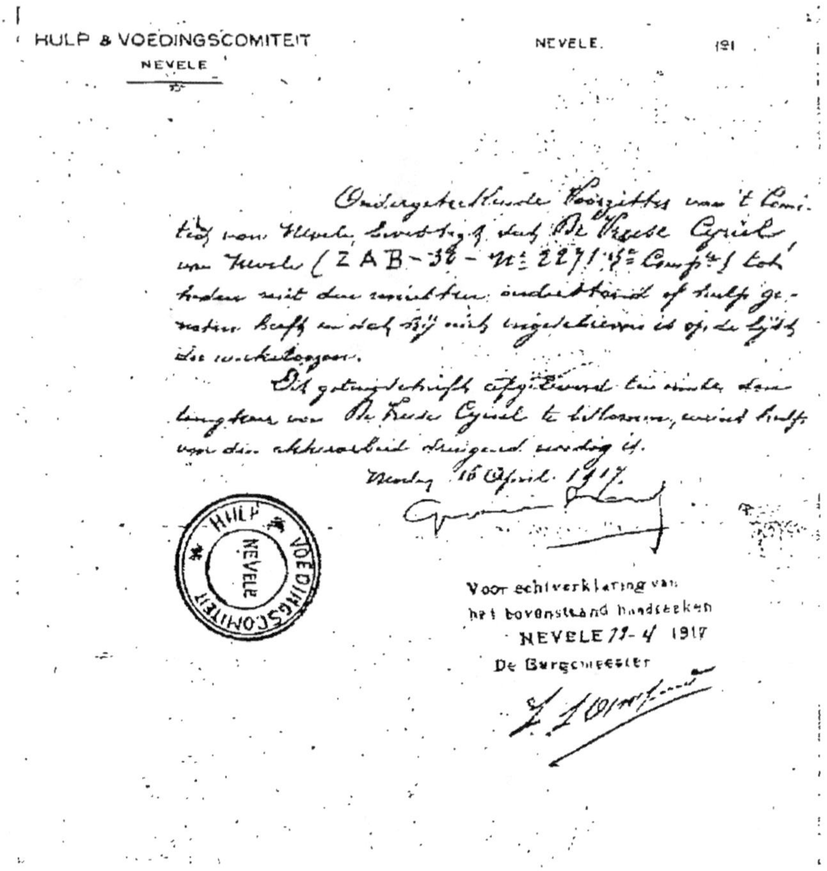

HULP & VOEDINGSCOMITEIT
NEVELE

NEVELE. 191

Ondergeteekende Voorzitter van 't Comiteit van Nevele, bevestigt dat De Vreese Cyriel van Nevele (ZAB-38 - Nr 227/15e Compie) tot heden niet den minsten onderstand of hulp genoten heeft en dat hij niet ingeschreven is op de lijst der werkeloozen.

Dit getuigschrift afgeleverd ten einde den terugkeer van De Vreese Cyriel te bekomen, wiens hulp voor den akkerarbeid dringend noodig is.

Nevele 16 April 1917.

Voor echtverklaring van het bovenstaand handteeken
NEVELE 17-4 1917
De Burgemeester

ATTESTATION DÉLIVRÉE
par le Comité local de Secours
et d'Alimentation, de Nevele.

Ce document établit que le déporté n'est pas chômeur. Les Allemands n'y prêtèrent aucune attention et l'intéressé continua à souffrir dans les camps de concentration.

et qui, la nuit, étendent leurs vêtements sur leurs couvertures insuffisantes?

Peut-on imaginer que, comme sanction de cette réquisition infâme, l'Allemagne prévît, indépendamment d'un emprisonnement de trois ans, une amende de 10.000 Mk? [1]

Dans certains villages, les Kommandantures imposèrent aux autorités communales, la triste obligation de convoquer elles-mêmes les malheureuses victimes. Et sous l'œil des bourreaux, ces autorités s'exécutèrent. [2]

Le 12 novembre, Bruxelles fut avisée que son tour était venu. La Capitale avait espéré longtemps que l'Allemagne n'oserait défier les Ministres étrangers qui vivaient dans ses murs. Mais qui défie Dieu, la morale et le droit, se soucie bien de défier les hommes et les Nations !

Le 12 novembre donc, le lieutenant général Hurt, gouverneur du Brabant, annonça à tous les bourgmestres du Grand-Bruxelles et du Brabant que le moment était venu de déporter en Allemagne tous les sans-travail qui sont à charge de l'assistance publique. Il exigeait que les administrations communales lui prêtassent leur aide pour l'exécution de cette odieuse mesure, et lui remissent la liste de tous les ouvriers *n'ayant pas d'occupation suffisante.*

Il prévoyait que cette demande monstrueuse resterait sans suite; aussi eut-il soin d'ajouter que

1. Voir planche II.
2. Voir planche III.

« dans les communes où ces listes ne seraient pas fournies en temps utile, les hommes à transporter en Allemagne seraient choisis par l'administration allemande elle-même, qui ne dispose ni du temps ni des moyens pour faire une enquête sur la situation de chaque personne. »

L'Allemagne est experte dans l'art de raffiner sur la cruauté. Les administrations communales devaient, ou bien livrer au marchand d'esclaves la liste des sans-travail secourus, et se rendre ainsi complices du crime le plus abominable des temps modernes, ou livrer toute sa population à la brutale fantaisie de la soldatesque allemande, tout en encourant les rigoureuses sanctions que le Lieutenant Général Hurt édictait contre les bourgmestres récalcitrants [1].

Les Bourgmestres estimèrent qu'il eût été indigne de Belges de coopérer, même par un geste, à la monstrueuse décision de von Bissing; ils décidèrent que si la guerre devait entraîner pour la Belgique un fléau nouveau, tous les Belges s'offriraient pour le subir: 1914 avait fusionné les classes; le patricien, le bourgeois et l'ouvrier entendaient supporter ensemble toutes les suites de la résistance.

Cette opposition surprit, dérouta nos gouvernants provisoires. Ils durent discuter beaucoup sans doute. L'avis de plus d'un intellectuel fut

1. Voir *Le Bruxellois* du 16 nov. 1916, n° 768, éd. A.

vraisemblablement réclamé, car, pendant plus de
deux mois, Bruxelles put se croire à l'abri des déportations. Le souci de respecter le droit n'était
certes pour rien dans cet atermoiement. Depuis
longtemps déjà, en Allemagne, le droit devait se
mouvoir dans le cadre très souple de la nécessité.

Mais des interventions étrangères n'avaient-elles
pas agi à Berlin ? Les neutres, enfin conscients de
leurs devoirs, avaient-ils bousculé les autorités po-
litiques et militaires allemandes, en leur faisant
comprendre que toutes les nations sont au service
du droit, que l'on n'opprime pas impunément ?

Certaines confessions embarrassées de la presse
vendue permettaient de le supposer [1], et, dans l'ag-
glomération bruxelloise, l'angoisse se dissipait peu
à peu. Cette confiance, hélas ! n'était pas justifiée.

Le 16 janvier 1917, l'administration allemande
lança ses convocations aux chômeurs de Bruxelles.
Ils devaient se trouver à la gare du Midi le 23 ou le
24 janvier, afin d'être dirigés vers *un lieu de travail
en Allemagne.* Beaucoup ne répondirent pas à cet
appel. D'autres, cependant, instruits par l'expé-
rience, préférèrent s'offrir à la barbarie allemande,
plutôt que d'exposer les leurs à ses coups. Car, si la
victime ne se présentait pas, quelques jours plus
tard, des *Polizei* venaient, pour compenser cette
défection, enlever un ou plusieurs autres membres de
la famille.

1. *Le Bruxellois* du 19 nov. 1916, n° 771, éd. A.

CHAPITRE V.

Le Départ.

OH ! l'horrible spectacle que ces départs forcés pour des lieux inconnus et hostiles. Il faut avoir assisté à l'embarquement de ces victimes de la barbarie allemande pour se rendre compte des souffrances atroces que ces arrachements provoquaient.

Les malheureux désignés par la fantaisie de quelque sous-officier, s'en allaient vers les points de concentration, entourés de leurs femmes et de leurs enfants en larmes.

Ils conservaient cependant au cœur quelque espoir. Ils n'étaient pas chômeurs, et ils produiraient à l'officier le certificat que le patron leur avait délivré.

D'autres ne craignaient rien : depuis le début de la guerre, ils étaient utilisés au Comité local ou régional de Secours et d'Alimentation. Les Allemands avaient promis formellement de respecter ces fonctionnaires indispensables.

D'autres encore feraient état auprès du médecin, qui, suivant les affirmations allemandes, présiderait au départ, d'affections apparentes, palpables, les rendant inaptes à tout travail.

Et ils partaient un peu inquiets, mais confiants tout de même !

En général, les civils convoqués étaient rassemblés dans les gares ou dans des locaux voisins. De cette façon, les Allemands évitaient les inutiles et désagréables démonstrations des familles. Celles-ci, après les derniers embrassements, attendaient anxieuses la décision des autorités allemandes auxquelles les malheureux allaient soumettre les pièces libératrices.

Les autorités allemandes ! Un soldat goguenard recevait le condamné, et sans même y jeter un regard, déchirait les attestations qu'on lui présentait. Il se souciait bien, ce soudard, des larmes qu'il ferait couler, de la misère et des souffrances qu'il allait jeter dans les familles, des enfants qu'il privait de leurs pères, des épouses qu'il laissait sans soutien. Chômeurs ou non, qu'importe !

Il fallait des hommes à l'Allemagne. Le nombre était prévu par commune, et ce nombre devait être atteint.

Des visites médicales ! Pourquoi? Le troupeau d'hommes s'en irait en Allemagne ou ailleurs, et ses services gratuits trouveraient bien un emploi. Et des scrofuleux, des tuberculeux, des boiteux même, étaient, comme du bétail, jetés dans les wagons. De là, ils lançaient vers leur pauvre famille désespérée un dernier geste, un dernier cri d'adieu ! A celui-ci répondait un sanglot profond comme la souffrance humaine. Les femmes tenant dans les bras

4

leur dernier né, tandis que les autres petits s'accrochaient en pleurant à leurs jupes, cherchaient à rompre le cordon des sentinelles allemandes qui les refoulaient à coups de crosse. Alors, elles couraient le long de l'enceinte, dans l'espoir de trouver un endroit où la surveillance serait moins sévère ou plus pitoyable. Elles voulaient, les malheureuses, par leurs larmes, par les larmes de leurs enfants, arracher leurs époux aux serres allemandes ou leur donner au moins un baiser d'adieu. Certaines réussirent, et, comme à Jemappes et ailleurs encore, elles allèrent se placer sur les rails, en face de la locomotive qui rugissait déjà. Peines inutiles, elles furent relevées et refoulées à coups de crosse.

Et le train s'ébranlait. Et devant ces femmes et ces enfants à genoux, les bras au ciel, les wagons passaient ! Et de ces wagons sortaient des cris d'adieu et les notes de la Brabançonne! A ce spectacle horrible et sublime, seul un Allemand pouvait assister les yeux secs.

Les pays neutres n'ont pas ignoré ces scènes affreuses. Leurs représentants en Belgique ont reçu maintes fois la visite de ces femmes désespérées, mais que pouvaient-ils contre l'Allemagne consciente de sa force invincible et sûre du succès de ses armes?

D'autre part, la presse allemande, trop aisément crue sur parole par la presse neutre, donnait des déportations un tableau presque séduisant.

L'article que la *Gazette de Luxembourg* [1] emprunta aux *Deutsche Kriegsnachrichten* met en lumière, d'une façon décisive, le rôle que jouèrent les gazettes allemandes sous la régie Bethmann-Holweg :

Dans la presse ennemie revient sans cesse le reproche que les autorités allemandes en Belgique n'envoient pas seulement des chômeurs en Allemagne, mais aussi des gens occupés de toutes les classes et contre leur propre volonté.

Or, il a été établi ce qui suit :

La déportation des chômeurs belges a lieu par les bureaux de contrôle. Ceux-ci ont seulement pour but de contrôler les ressortissants des pays ennemis, les Belges en état de milice et la garde civique libérée sur parole d'honneur.

Sont exceptés, à priori, de la déportation, les médecins, les pharmaciens, les ecclésiastiques, les juristes, les instituteurs, les fabricants, les commerçants, les marchands, les artisans, les cultivateurs; ensuite tous les employés et ouvriers qui profitent d'un salaire suffisant pour subvenir à l'entretien des leurs. Le minimum de ce salaire est fixé à 20 francs par semaine. Le certificat constatant ce salaire est produit par le patron et doit être certifié exact par les autorités de police belges (les bourgmestres, etc.).

Donc, pour les déportations vers l'Allemagne, viennent seulement en ligne de compte, les habitants masculins de la Belgique âgés de 17 à 55 ans et qui ne profitent pas d'un salaire hebdomadaire d'au moins

1. 21 février 1917, édition du soir.

20 francs. Il faut, de plus, que les hommes soient bien portants et aptes au travail.

Pour obtenir la liste des ouvriers destinés au transport pour l'Allemagne, une première sélection a lieu par les bureaux de contrôle; elle a pour but de trier les chômeurs ne satisfaisant pas aux règles établies ci-dessus. Ensuite, les chômeurs destinés au transport, peuvent se déclarer volonairtement pour le transport, ce qui a lieu très fréquemment, eu égard au gros salaire à gagner en Allemagne.

A la réunion suivante les hommes destinés au transport sont visités par le médecin, afin de vérifier leurs moyens de production. Le troisième contrôle ayant pour but d'examiner les maladies des sexes, a lieu immédiatement avant le transport.

Au lieu d'embarquement même, se trouve une commission d'examinateurs médecins qui vérifient à nouveau les papiers et l'état de santé de chaque homme en particulier. A ce moment même, des libérations se font, pourvu que les particuliers prouvent qu'ils ont une occupation suffisante.

Les hommes destinés au transport reçoivent avant de monter dans la voiture, un pain, une saucisse et du café, et sont transportés dans des voitures bien chauffées. Il a été établi que ces gens entreprirent très volontiers le voyage, soit par curiosité, soit eu égard aux meilleures possibilités de salaires.

En Allemagne, les hommes sont très bien logés et nourris aux lieux de travail, et sont priés par leur patron d'envoyer au moins la moitié de leur salaire aux leurs en Belgique.

Il est surtout à remarquer que l'autorité allemande

ne cherche pas à savoir si l'homme en question profite
réellement ou non du revenu minimum établi; elle se
contente des indications fournies par le patron, n'exa-
minant pas si celui-ci est belge ou allemand, du moment que ces indications sont certifiées exactes par
les autorités belges.

·De tout ce qui précède, il résulte que les hommes
désignés comme chômeurs par les autorités belges
peuvent seuls être enlevés.

Comme l'autorité allemande s'efforce surtout de
développer toutes les sortes d'industries nationales
(excepté l'industrie de la guerre), elle poursuit le but
de procurer du travail aux populations belges dans
son propre pays. De même, puisque l'Entente a interdit l'entrée de presque toutes les matières premières,
beaucoup de Belges ont dû chômer forcément, et
comme le grand nombre de chômeurs serait un danger
pour le pays belge, un bon gouvernement qui se soucie
du bien-être du pays, doit enrayer autant que possible
le chômage.

Oui, c'est la thèse que l'Allemagne doit défendre :
les déportations n'ont d'autre but que de prévenir
la paresse et de réduire le chômage. C'est le thème
que le Gouvernement Général en Belgique déve-
loppait déjà dans ses arrêtés des 14 et 15 août 1915.
Si des erreurs se sont produites, dira l'Allemagne,
la faute en est aux administrations communales.
qui nous ont refusé leur aide; des abus ont donc
pu se produire, malgré toute notre bonne volonté.
Piteuse justification !

S'il s'agissait de vaincre la paresse, pourquoi

avez-vous supprimé les travaux pour chômeurs organisés par les communes?

Si le fonds de chômage n'alimentait que les paresseux, comment expliquez-vous qu'après les premières déportations, des ouvriers consentaient encore à y recourir? Ne pensez-vous pas que le travail libre et *digne* en Belgique plairait plus, même à un fainéant, que l'affreuse déportation dans vos pays haineux?

Or, suivant les chiffres fournis par le Comité National, le nombre de chômeurs complets atteignait aux mois d'août et de septembre 1916, c'est-à-dire, immédiatement avant les déportations, respectivement 569.684 et 558.382. Au mois d'octobre, mois des premières déportations, il atteignait 562.457.

Les mois de novembre et décembre accusent des chiffres presque égaux : 551.568 et 535.858.

En janvier 1917, le chiffre de 565.435 était atteint.

Il faut donc bien admettre que ces pauvres gens trouvaient dans les secours dispensés par le fonds de chômage, leurs uniques ressources.

Si l'opposition des administrations communales vous amenait à commettre des erreurs que vous déplorez, dites-vous, pourquoi vos suppôts déchiraient-ils les certificats de travail que les déportés exhibaient; pourquoi refusaient-ils même d'y jeter un regard? [1]

1. Voir planche IV.

« Les déportations, disait von Bissing, ne sont rigoureuses ni pour le pays, ni pour la population. Elles sont une nécessité créée par la guerre, et, au fond, elles seront un bienfait pour les ouvriers et une bénédiction pour le pays.[1]» Peut-on imaginer pareille fourberie?

Il laissa cependant percer un peu de vérité lorsqu'il ajouta : « Déjà avant que je me visse obligé à prendre d'autres mesures, 30.000 belges s'étaient rendus volontairement en Allemagne. J'ai eu l'espoir que cette reprise du travail se serait encore étendue, mais une propagande effrénée intervint de la part de nos adversaires. »

Voilà le nœud ! von Bissing avait espéré que tous les Belges se seraient laissés prendre à ses mielleuses promesses. Pour l'honneur de notre pays, il n'en fut pas ainsi.

Lors de la propagande allemande, on vit cette chose paradoxale que seuls, à quelques exceptions près, les fainéants invétérés, les clients habituels des bureaux de bienfaisance, les pensionnaires de Merxplas, se mirent à la solde de l'ennemi. Les ouvriers honnêtes comprenaient qu'en accordant leurs bras à l'envahisseur, ils libéraient en Allemagne un soldat qui irait reprendre sa place au front. C'est pour cela, et pour cela seul, que von Bissing, d'odieuse mémoire, décréta froidement les déportations. Mais il fallait justifier noblement celles-ci aux

1. Voir *Le Bruxellois* des 15 et 16 nov. 1916, n° 768, éd. A.

yeux des neutres et leur faire croire, en outre, qu'en Allemagne les déportés étaient traités avec tous les égards dus à des hommes libres.

On leur cachait le douloureux calvaire que les bourreaux teutons les forçaient à gravir.

CHAPITRE VI.

EN ALLEMAGNE.

IL est heureux que les femmes de Belgique ignorèrent longtemps les supplices auxquels leurs maris étaient livrés. Elles sont restées pendant de longs mois avec, au cœur, la déchirure toujours ouverte causée par les déportations. Elles pleuraient leur époux exilé, mais ne soupçonnaient pas ses souffrances, son martyre.

Ah ! ce que les déportés ont souffert ! Combien ne sont pas revenus !

Ils partirent, frondeurs, exaspérant les oreilles allemandes par les chants de la Marseillaise, de la Brabançonne ou du « Vlaamsche Leeuw », mais les coups et la faim ne tardèrent pas à leur serrer la gorge.

Leur pénible voyage dura de 2 à 4 jours, suivant le camp qu'ils devaient atteindre. En route, on leur distribua de loin en loin une ration insuffisante de soupe, de sorte que, dès le départ, ils durent entamer leurs provisions cependant si précieuses. Une gelée d'une violence anormale lançait ses dards aigus à travers les fentes des wagons à bestiaux, ou les parois mal jointes de vétustes voitures à voyageurs. Sur les vitres de celles-ci, le froid déposait ses gemmes qui brillaient sous .les rayons d'une lune claire. Les déportés ne voyaient plus la patrie qui fuyait, et se serraient les uns contre les autres, pour trouver dans l'union la force de vaincre leurs souffrances.

Ces trains déposèrent nos malheureux compatriotes dans l'un des camps de SOLTAU, ALTEN-GRABOW, MÜNSTER en WESTPHALIE, MESCHEDE, GUBEN, KLEIN-WITTENBERG ou CASSEL.

Les voilà parqués dans des camps de concentration. Le pays est désert; de hautes et larges barrières de fil de fer dans lesquelles courent les mortels cables électriques, les entourent de toutes parts. Ici sont les baraquements dans lesquels ils vont vivre, où plutôt mourir lentement....

Pendant trois ou quatre jours, parfois davantage, les Allemands les laissaient tranquilles. Ils leur distribuaient chaque jour de 150 à 250 grammes de pain le matin; le midi et le soir, 1/2 litre d'une soupe au son, aux choux-raves, aux betteraves, aux yeux ou aux entrailles de poissons. Breuvage infect, sans valeur nutritive.

Certains baraquements étaient chauffés; d'autres ne l'étaient pas. Certains étaient munis de couchettes superposées, d'autres présentaient la nudité du sol aux malheureux affaiblis par le voyage et par les privations que pendant deux ans déjà, ils avaient endurées en Belgique. Il faut cependant reconnaître que toujours le sol était préférable aux couchettes. Sur celles-ci gisaient des sacs bourrés de paille, de fibre de bois ou de déchets de papier. Et dans ces matières déjà vieilles grouillait un monde de vermine.

L'hiver de 1916 à 1917 fut, on s'en souviendra, d'une rigueur anormale. Pour toute couverture, tandis que la gelée sévissait, et que le thermomètre descendait à 20° sous zéro et plus bas encore, les déportés, dans ces hangars où le vent glacial s'insinuait douloureux, meurtrier, étaient couchés, sans feu, avec leur costume de pauvres pour unique couverture.

L'Allemagne comptait sur la faim et sur le froid pour l'aider dans l'exécution de son plan. Ce plan était infâme et elle voulait en masquer l'infamie. Des Belges avaient été arrachés par la violence à leur pays, à leur famille; elle voulait cacher leur maintien chez elle sous une apparence de légalité. Le crime avait des sursauts de pudeur.

Il s'agissait d'obtenir de nos compatriotes la signature d'un contrat de travail. Cette signature octroyait aux Belges la qualité de travailleurs libres, et la face était sauve. Pour cela il suffisait d'amener les déportés à un état d'affaiblissement physique et moral tel que la volonté fût vaincue.

Mais une fois de plus, l'endurance, l'héroïsme de notre race firent échouer ce projet diabolique.

Après avoir épuisé leurs maigres provisions, les déportés n'eurent plus pour se sustenter que l'ordinaire du camp. Et l'on vit alors ces hommes hâves s'en aller à la recherche de détritus que les prisonniers militaires auraient pu oublier ou abandonner lors de leur départ. Ils rôdaient autour des cuisines, dans l'espoir de trouver dans les déchets, des pelures de pommes de terre ou de carottes qu'ils avalaient avec une avidité de sauvages.

Les affres de la faim, peu à peu, devenaient plus violentes. C'était le moment attendu par les tortionnaires teutons. Ils vinrent alors proposer à ces hommes dont les tempes battaient, dont les yeux se peuplaient de visions, dont l'estomac se contractait dans des crispations douloureuses, ils vinrent leur proposer de manger à leur faim, d'échanger leur geôle sordide contre un logement confortable, de gagner des salaires élevés et enfin, argument suprême, d'être libres !

En échange, l'Allemagne si maternelle, ne leur demandait que la signature d'un contrat de travail.

Quelle tentation ! Combien de ces affamés, de ces affaiblis, durent, dans un mouvement issu de l'instinct de la conservation, se jeter vers la petite feuille libératrice ![1] Combien durent se dire qu'en signant ce contrat, ils ne commettaient aucun mal; qu'ils ne travailleraient pas pour la guerre; qu'ils n'emploieraient pas contre leur pays, contre leurs frères, le peu de forces qui leur restaient encore.

— Non ! Puisant dans leur indignation, dans leur

1. Voir planche V.

haine de l'Allemagne et dans l'amour de la Belgique des énergies nouvelles,ils bravèrent leurs bourreaux et repoussèrent du pied ses ignominieuses propositions. Cachant derrière un visage pâle mais souriant, la faim qui les déchirait, ils répondirent par un chant ou par un sarcasme.

L'Allemand tenait ces malheureux dans ses griffes cruelles; il pouvait opposer la patience à cette attitude dont il ne comprenait pas la sublimité. Encore quelques jours, et la faim ferait baisser ces fronts et ployer ces poitrines.

Mais, en Belgique, la charité attentive s'inquiétait du sort de ces victimes de la barbarie germanique. Le Gouvernement Général, par note du 17 novembre 1916, nᵒ 289-228, Section II.E, avait interdit à l'Agence belge des prisonniers d'intervenir dans l'expédition de colis aux chômeurs, sous prétexte que *ces hommes étaient des travailleurs civils libres et qu'ils pouvaient bénéficier du service postal dans les conditions ordinaires.*

Cette décision constituait une injure et une cruelle plaisanterie. Assimiler à des travailleurs libres, des hommes qui avaient été arrachés à leur famille et qui, jusqu'au martyre, refusaient de prêter leur aide à l'œuvre de destruction entamée par l'Allemagne en 1914! Et quelles étaient les *conditions ordinaires du service postal,* dont les déportés pouvaient bénéficier?

Les recherches entreprises, firent produire l'ordre de service que nous recopions ci-après.

Amtsblatt vf n° 186.   Bruxelles, le 29 novembre 1916.

Service postal
des chômeurs transférés en Allemagne.

Pour le service postal entre les chômeurs transférés en Allemagne et leurs familles en Belgique, on appliquera les mêmes dispositions que pour le trafic du restant de la population. Tous les envois sont donc soumis au port réglementaire. Pour faciliter le service des colis entre les chômeurs et leurs familles, le permis d'exporter les colis postaux déposés en Belgique et destinés aux personnes transférées — pour autant qu'il s'agisse d'envois de linge, de vêtements et d'objets d'usage journalier — sera délivré sous une forme simplifiée par le commissaire civil compétent; celui-ci apposera son timbre de service sur un exemplaire des déclarations en douane.

Cet ordre de service était clairement inspiré par la décision du Gouvernement Général. Celui-ci s'y référait dans sa note du 17 novembre, alors que l'ordre lui-même date du 29 du même mois. Au surplus, même injure, même raillerie : les déportés sont considérés comme des travailleurs libres et tout peut leur être expédié dans une forme simplifiée, tout.... sauf des vivres.

Cependant, dans sa hâte d'interdire l'envoi de tout secours aux victimes des déportations, le Gouvernement Général avait omis d'avertir les bureaux de poste de la province, et c'est ainsi que l'on publia dans les bureaux de Nivelles, et de Braine-le-Château, l'avis suivant :

Kais. Kreis Postamt   Ottignies, 14-XII-1916.
Postamt Nivelles.

1º Les chômeurs belges déportés en Allemagne et qui *travaillent,* sont assimilés aux ouvriers volontaires résidant en liberté en Allemagne. Tous les envois postaux qui leur sont destinés, de même que ceux qu'ils adressent à leur famille, doivent être affranchis.

2º Les chômeurs *qui ne travaillent pas encore* et qui sont momentanément internés dans des camps de concentration, sont assimilés, en ce qui concerne les envois postaux, aux prisonniers de guerre. Il est permis de leur envoyer de petits colis de 500 grammes et des paquets de 5 kilog., *dans les mêmes conditions que pour les prisonniers de guerre.* Les petits colis de 500 grammes peuvent contenir du tabac. Toute la correspondance échangée entre les chômeurs internés jouit de la franchise de port.

L'Agence des Prisonniers crut pouvoir prendre texte de cet avis pour tenter auprès du Gouvernement Général une nouvelle démarche. La réponse fut brève et tranchante. Elle porte le nº 166-316 K et est datée du 17 janvier 1917 :

Les avis publiés par les seuls bureaux de poste de Nivelles et de Braine-le-Château, auxquels se réfère votre lettre, se fondaient sur une conception erronée de la situation des déportés et ont été rapportés immédiatement.

Comme les chômeurs transportés ne peuvent être assimilés ni à des prisonniers de guerre, ni à des prisonniers civils belges, le Gouvernement Général ne peut autoriser l'Agence à s'en occuper de quelque façon que ce soit.

Cependant, les plaintes qui s'élevaient des camps de concentration finirent par atteindre, à Bruxelles, les représentants des pays neutres. Le Marquis de Villalobar, après maintes difficultés, fut autorisé enfin, le 19 février 1917, à organiser un service de secours aux civils déportés. Le Comité National lui accorda son aide, tandis qu'un Comité privé se chargea, avec toute la discrétion possible, de recueillir des dons.

Une fois de plus, la charité belge se montra admirable. Dans un merveilleux élan de patriotisme et de pitié, toutes les provinces, oubliant leurs intérêts particuliers, vinrent verser leurs riches oboles dans la caisse commune ; les banques et les particuliers y jetèrent des dons importants, et, en moins de quinze jours, sans réclame, sans bruit, 367.647 francs purent être réunis, ce qui permit d'expédier aux 7 camps de concentration 108.417 kilog. de vivres.

Malheureusement, la lenteur calculée apportée par les Allemands à accorder les autorisations nécessaires, ne permit la première expédition collective que le 27 février, alors que les premières déportations dataient d'octobre.

Münster, den 29 Januari 1917.

De bijvolgend beteekende 18. belg. Werkmanen
. . . . .verklaard hiermede de volgenden

arbeidskontrakt met het huis Schülken in Waltrop for Hannel afgesloten te hebben.

1. Wij verplichten ons als kokslader aan dezelfde betaling en dezelfde conditien als de duitsche arbeiders van dezelfde kategorie walgens bekwaamheid voor Mk. 6 den tien uurigen arbeidsdag te werken in akkord bis 8 Marks.

Voor arbeid in akkord en voor het werken over tien uren zal een byzondere betaling naar overeenkomst uitgemaakt worden.

De betaling zal plaats hebben aan dezelfde dagen dan by de duitsche arbeiders.

Ik verklaar specialist en in het genoemde vak uitmuntend kundig te zyn. De patron mag, als de van my gemaakte verklaringen over onzere bekwaamheid onjuiszyn ons gelyk onzere werkelyke bentenisse en bekwaamheid werk geven en betalen.

2. Wij verplichten ons onzere in Belgie levende familie uitrykend te onderhouden. De patron mag, in geval, de genoemde onderhoudingen niet uitryken gegeven Worden eene korresponderende som naar aanwyzing van het toestaande bureel tydens de loonbetaling terug behouden en in afstanden van maand tot maand onmiddelbaar aan de onderhouds berechtigde afzenden.

3. Wij erkennen duidelyk de duitsche werkwetten en het reglement in kracht staande op het fabriek voorbehoudende verbintenis van art. 8. van tegenwordig kontrakt.

4. De verzekering tegen ziekte en onval heeft plaats gelyk by de duitsche werklieden.

VOIR AU DOS.

5. Wij verplichten ons in het ons aangewezene logement te woonen. Voor logement en onderhoud wordt ons per dag Mk. 3 aangerekend.

6. Ik verklaar gereed te zyn, anders wordt het kontrakt als niet geldig beschouwd.

7. De reis van de verdeelingsplaats naar de werkplaats wordt volstrekt op kosten van de patroon. De bedrag voor vakantiereizen en voor de terugreis wordt betaald door het werklied.

8. De kontrakt is geldig van 4 maanden, van af den eersten arbeidsdag en mag binnen dezen tyd door geen partyen niet opgegeven worden.

(Handteekening).

CONTRAT DE TRAVAIL
Modèle du contrat de travail
que les Allemands soumettaient à la signature des
civils déportés.

Il faudrait analyser les âmes, descendre jusqu'au plus profond de la souffrance humaine pour être à même de décrire ce que nos compatriotes souffrirent durant ces longs mois !

Ils avaient résisté à la faim qui tiraillait leurs entrailles; au froid qui mordait leurs membres décharnés; aux tentations séduisantes qui, malgré tout, s'acharnaient sur leur cerveau. Et chaque jour ce supplice se répétait, plus intense, plus douloureux que la veille.

Enfin, furieux de leurs insuccès persistants, les Allemands inventèrent d'autres souffrances. Tandis que la neige couvrait le camp, qu'un froid extraordinaire figeait le sang dans les veines, ils firent aligner les martyrs dans la cour, les mains découvertes, le visage exposé aux rafales d'un vent polaire. Près d'eux, les surveillants se promenaient, des soldats bien couverts, tenant à la main un gourdin dont ils frappaient le malheureux qui, par un geste, essayait de prévenir l'inévitable syncope. Et les braves restaient debout, jusqu'au moment où l'évanouissement les couchait dans la neige.

Et ils ne signaient pas !

Ce spectacle horrible arrachait des larmes aux militaires parqués dans les camps voisins et qui ne pouvaient, par ordre supérieur, venir en aide à leurs compatriotes. Si les prisonniers tentaient de jeter un biscuit aux déportés qui se mouraient, le biscuit était, par une sentinelle, jeté dans les latrines.

Lassés par cette résistance qui encombrait les *lazarets* et accumulait l'héroïsme en face de l'opprobre, les bourreaux se décidèrent à commettre leur crime sans chercher davantage à le couvrir par une adhésion de la victime. Ils partagèrent les déportés en groupes encadrés de sentinelles, fusil chargé et baïonnette au canon, et les dirigèrent vers un lieu de travail. Les uns furent envoyés au fond de la Silésie ; les autres dans la Prusse Orientale ; certains vers les mines de sel ou de houille, en un mot vers les mille endroits où l'industrie allemande voulait remplacer les bras que le front lui enlevait.

Ceux qui refusèrent d'accompagner les groupes furent enfermés dans des cachots étroits, où tout mouvement était impossible et où la température descendait à 20° sous zéro. Au cachot, la ration de soupe était supprimée trois jours sur quatre, et les punis n'avaient d'autre nourriture que la quotidienne miche de pain. Blottis dans un coin de leur sombre cellule, ils se recroquevillaient pour ne pas perdre toute la chaleur de leur sang. Et c'est ainsi, les genoux au menton, que trop souvent la mort venait mettre un terme à leurs souffrances.

Les autres, ceux qui étaient envoyés en *Kommando*, continuaient à gravir leur calvaire. Sur les chantiers, dans les mines ou dans les marais, les déportés devaient, sans relâche, travailler sous la conduite de militaires ou de civils qui les brutalisaient. Toute velléité de faiblesse était prévenue

par des coups de gourdin ou de crosse; tout relâ-
chement dans le travail était puni par le cachot
ou la suppression de nourriture.

S'étonnera-t-on dès lors d'entendre des déportés
nous dire qu'ils tuaient des chiens dans la rue pour
en manger la chair encore palpipante; que, trom-
pant la surveillance des gardes-chiourme, ils allaient, dans les bacs à ordures, chercher quelques
déchets dédaignés par les chiens; qu'ils allaient
supplier les enfants des écoles de leur donner un
petit morceau de pain.

Il faudra plusieurs mois avant que la Belgique
puisse dire au monde combien de ses fils sont tombés en héros en Allemagne, pour n'avoir pas voulu
trahir leurs frères soldats.

CHAPITRE VII.

L'ÉDIT IMPÉRIAL DU 9 MARS 1917.

L'IGNOMINIE des déportations ne tarda pas à être connue. De toutes parts, des protestations indignées vinrent cravacher la face de l'Allemagne, au point qu'elle voulut par un rescrit impérial essuyer la boue et le sang qui lui couvraient le visage.

Le 9 mars 1917, M. von der Lancken, chef du département politique allemand à Bruxelles, consentit à donner à M. le baron de Favereau, président du Sénat, la communication verbale suivante : « Sa Majesté fera examiner minutieusement par Monsieur le Gouverneur Général et par les autorités compétentes, les demandes exprimées dans l'adresse qui lui a été remise. Sa Majesté réserve sa décision définitive jusqu'à la conclusion de cet examen. Entretemps, Sa Majesté, toutefois, a donné des instructions pour que les personnes emmenées à tort en Allemagne comme chômeurs, puissent immédiatement rentrer en Belgique, tant qu'elles n'y soient pas déjà revenues, et pour que les déportations en Allemagne de Belges sans travail soient arrêtées jusqu'à nouvel ordre. »

Cette note fut considérée comme un désaveu solennel infligé aux déportations. Le peuple en eut rapidement connaissance et un cri de joie, d'espoir, s'échappa de toutes les poitrines. Les déportations ne continueraient pas et la plupart des déportés rentreraient.

L'enlèvement des hommes avait eu lieu sans tenir compte de la situation des intéressés. Chômeurs et non chômeurs avaient été jetés pêle-mêle dans les mêmes wagons en route pour l'Allemagne. Dès les premiers jours, d'innombrables demandes de rapatriement avaient été envoyées aux autorités belges et allemandes, mais toujours sans succès. La Légation royale d'Espagne avait transmis au département politique 40.832 requêtes toutes appuyées de pièces légalisées qui démontraient que les déportés n'avaient jamais participé aux secours accordés par le fonds de chômage.

Ce chiffre jette une lumière singulière sur la sincérité des déclarations que von Bissing, la bouche en cœur et la main sur la poitrine, fit au reporter du *New York Times*. [1]

L'angoisse se dissipait, car le peuple croit facilement toute nouvelle heureuse. Depuis près de trois ans, la botte allemande écrasait sa poitrine; depuis près de trois ans, des mesures de plus en plus rigoureuses le ligotaient et le faisaient souffrir davantage. Il espérait pouvoir respirer un peu et défaire les derniers liens qui lui mordaient la chair. Le rescrit du 9 mars devait réaliser cet espoir.

1. Voir *Le Bruxellois* des 15 et 16 nov. 1916, n° 768, éd. A.

Pauvre Peuple ! Une désillusion de plus allait s'ajouter à toutes celles qui recouvraient déjà les traités déchirés.

Avant d'accorder au Droit ce semblant de satisfaction, Guillaume II avait donné des ordres à ses sujets. Il fallait coûte que coûte, qu'un grand nombre de déportés signassent des contrats de travail. Il fallait, pour sauver les apparences, que quelques Belges revinssent en Belgique ; mais la masse devait continuer à accorder ses services à l'industrie allemande. L'empereur laissait à l'initiative de ses sujets le soin de réaliser ce desideratum.

Quelques Belges revinrent, mais combien peu !

L'inspection du camp des prisonniers de Münster interpréta d'une façon ingénieuse l'édit impérial : Le renvoi en Belgique ne pouvait constituer qu'un congé. Après avoir passé 15 jours dans sa famille, le déporté était tenu de rejoindre son lieu de travail.

Mais non contente de tronquer ainsi la lettre, — car l'esprit d'une note allemande nous échappera toujours — de l'édit du 9 mars, l'Inspection de Münster voulut encore exiger de chaque déporté, avant le départ, la signature d'un contrat de quatre mois [1].

Depuis quatre mois déjà, les malheureux travaillaient, tenaillés par la faim, meurtris par les coups ; jamais ils n'avaient voulu s'engager par un

1. Voir planche VI.

contrat au service de leurs ennemis, et au moment
même où l'Empereur semblait réprouver les dé
portations et faire amendé honorable, on leur annonçait qu'ils ne pourraient rentrer en Belgique que
s'ils signaient ce papier qui leur avait valu toutes
leurs souffrances [1].

Rien donc n'était changé ! L'Allemagne et son
empereur laissaient protester une promesse de plus.

Presque tous les Belges persistèrent dans leur héroïque attitude du début, et jetèrent à la face de
l'Allemand le contrat qu'il leur offrait. Une fois de
plus, ils furent enfermés dans ces horribles cachots,
sans feu, sans couvertures, sans pain. Leur unique
nourriture consista pendant plusieurs jours en
une demi-ration de soupe le midi et le soir.

Cette endurance, cette volonté rigide, finirent par
avoir raison de l'insistance allemande. Beaucoup de
déportés purent rentrer en Belgique, sans signer de
contrat, mais sous la réserve formelle, qu'au bout de
quinze jours, ils reviendraient s'offrir au carcan.

Nos compatriotes se hâtèrent de bénéficier de
cette mesure, se promettant de n'attacher à la réserve allemande que la valeur d'une déclaration
unilatérale, d'ailleurs illégale. Ils revinrent dans
leurs familles, se jurant bien d'échapper aux griffes
de leurs bourreaux.

Mais, à l'expiration du délai de 15 jours, de nouvelles souffrances les attendaient. Ils devenaient

1. Voir planche VI.

l'objet des recherches allemandes. Ils fuyaient alors de maison en maison, obtenant ça et là une nourriture trop rare, car le Comité National ne pouvait pas les alimenter; toujours au guet, toujours dans les transes et à la merci d'une imprudence, d'une indiscrétion ou d'une dénonciation.

Et cette vie agitée, inquiète, dans laquelle le problème de la nourriture et du logement se posait chaque matin, ils la préféraient mille et mille fois à la vie dans les enfers allemands. Heureusement beaucoup trouvèrent sur leur route une œuvre qui leur ouvrit son foyer et son cœur.

Les Allemands ne pouvaient comprendre que les Belges, affamés, battus, martyrisés, ne revinssent pas après le congé de quinze jours qui leur avait été accordé. Et il ne s'agissait pas d'une infraction unique, accidentelle, mais d'une règle à laquelle les exceptions étaient rares.

Il fallait des mesures et elles furent prises aussitôt. Les chefs des postes de travail édictèrent des sanctions dans lesquelles le grotesque le dispute à l'indigne.

Les déportés en congé furent prévenus que s'ils ne rentraient pas à la date fixée, ils seraient ramenés de force. Ils s'en doutaient bien un peu, et cette menace ne les effrayait guère, bien qu'elle se corsât d'un an de prison et de 1500 Mk d'amende.

1500 Mk d'amende une fois encore ! 1500 Mk que l'Allemagne réclamait à des pauvres qui ne possédaient rien et dont l'unique ressource, von Bissing

AU CAMP DE MUNSTER
Instructions affichées dans
le Camp. Le déporté ne pouvait bénéficier d'aucun congé
s'il ne s'engageait, avant de
partir, à signer un contrat
de travail de quatre mois.

Hanovre, le 12 juin 1917.

AVIS

Par disposition du Ministère de la Guerre à Berlin, tous les déportés belges travaillant en Allemagne, acquérront la qualité d'étrangers ennemis libres et seront assimilés aux travailleurs librement recrutés pour l'Allemagne par le « Bureau d'Industrie » allemand à Bruxelles, s'ils se déclarent prêts à conclure de suite un contrat de travail libre pour l'intérieur de l'Allemagne, d'une durée minima de quatre mois.

A ce consentement sont liés les

AVANTAGES

suivants :

1º Il leur sera accordé tous les avantages dont bénéficient les travailleurs librement recrutés par le « Bureau d'Industrie » allemand de Bruxelles.

Ce sont les suivants :

a) Versement unique d'une somme de 50 francs en espèces, payables à la famille en Belgique du travailleur en question ;

b) Remise d'un soutien régulier aux familles des travailleurs mariés d'un montant mensuel de 10 francs pour la femme et de 5 francs par enfant âgé de moins de 14 ans ; il sera, si possible délivré sous forme de vivres.

c) Livraison gratuite de charbon pour l'usage domestique aux familles des travailleurs mariés, d'une valeur de 17 francs pour les mois d'octobre à mars, et de fr. 7.50 pour les mois d'avril à septembre.

d) Assistance médicale gratuite aux familles des travailleurs mariés, dans les postes de la Croix-Rouge de Belgique.

·Après signature du contrat, l'Inspection des camps de

Voir la suite.

prisonniers de guerre du Xᵉ corps d'armée se charge de toutes les démarches à ce sujet, sur proposition du bureau de répartition de Soltau et d'accord avec la Division du Commerce et de l'Industrie, Bureau de Secours aux Familles, auprès du Chef de l'Administration civile à Bruxelles.

2⁰ Les déportés Belges qui signeront librement un contiat de travail d'une durée minima de quatre mois, seront traités exactement de la même manière que les ressortissants d'Etats ennemis non militaires, vivant librement en Allemagne et ne seront soumis qu'aux restrictions fixées pour ceux-ci. En particulier, ils ne seront plus ni gardés, ni casernés, n'auront plus de retenues déterminées à subir comme soutiens de famille et pourront remettre leur correspondance et envois postaux directement à la poste.

3⁰ A l'expiration de leur contrat, il leur est accordé un congé de quatorze jours à passer dans leur patrie, s'ils se sont bien conduits. S'ils s'engagent de nouveau à travailler pendant 4 mois en Allemagne et qu'ils reprennent le travail immédiatement à l'expiration de leur congé, il sera remis à leur famille, au lieu de fr. 50 une somme de fr. 100.

En ce qui concerne ceux des déportés belges qui ont déjà signé librement un contrat de travail, l'Inspection des Camps de prisonniers de guerre du Iᵉʳ corps d'armée a adressé aux autorités dont ils dépendent une proposition visant à faire participer ces déportés belges aux avantages exposés.

En cas de

REFUS

de signature d'un contrat libre de travail d'une durée minima de quatre mois, il en résulte pour les déportés belges les

VOIR LA SUITE.

DÉSAVANTAGES

suivants :

Ils seront immédiatement ramenés au camp de répartition d'où, s'ils ne se décident pas à accepter librement le travail en Allemagne, ils seront reconduits en Belgique comme suit : Ceux qui sont originaires des arrondissements de Mons et d'Arlon, au camp de Maubeuge ; ceux qui sont originaires du territoire actuel du Gouvernement Général, à Liége.

Le Gouvernement Général à Bruxelles, et éventuellement, le Quartier Maître Général décident de l'emploi des déportés ramenés.

Ceux des déportés Belges qui sont aptes au travail et actuellement encore au camp de répartition, mais qui se déclareront de suite prêts à accepter librement le travail, jouiront des mêmes avantages que ceux de leurs compatriotes, dont il vient d'être parlé. En cas contraire, ils seront aussi reconduits au camp de Liége ou à celui de Maubeuge, pour être mis à la disposition du Gouvernement Général et, éventuellement, du Quartier Maître Général.

VON PAWLOWSKI

Generalleutnant und Inspekteur der
Kriegsgefangenenlager X. A. K.

MODÈLE DE L'ENGAGEMENT
que les civils belges devaient
souscrire avant d'obtenir un congé.

le déclarait lui-même, résidait dans le travail.

Mais à cette sanction ridicule, l'Allemagne en ajoutait une autre, indigne celle-là. Dans le cas où le déporté ne rentrerait pas à la date fixée, ses compagnons de chaîne seraient privés de tout congé.

C'était le moment pour ceux qui défendaient, au nom de la sainte liberté humaine, les engagements volontaires, d'élever leurs voix indignées, de brandir leurs plumes libertaires ! Comme on devait s'y attendre, ces voix se turent et ces plumes restèrent dans l'encrier ou plutôt dans la boue.

Des malheureux avaient, contre tout droit, été arrachés à leurs familles et même à leurs travaux ; ils avaient dans des camps et dans des lieux de travail, souffert comme souffrent les damnés ; ils invoquaient pour se soustraire aux tortures sans nom qu'on leur infligeait, la promesse d'un empereur, et on les mettait devant ce dilemme : Vous reviendrez souffrir en Allemagne ou vos frères y mourront.

Les camps ne durent pas s'astreindre longtemps à cette diplomatie compliquée. Piétinant les promesses de l'empereur, le Ministère de la Guerre de Berlin fit connaître aux déportés, le 12 juin 1917, que la période des tergiversations avait pris fin et qu'ils devaient, sur le champ, signer un contrat de travail. Suivant l'ancienne coutume, il fit miroiter aux yeux de ces faméliques qui souffraient leurs douleurs et celles dont ils croyaient voir souffrir leurs familles, tous les avantages découlant de la signature du contrat.

6

Ils étaient multiples, ces avantages, et ils ne se bornaient plus à profiter aux déportés eux-mêmes : leur femme, leurs enfants en devenaient les premiers bénéficiaires. C'était un système nouveau, que les Allemands étendirent singulièrement depuis lors.

A côté des avantages liés à la signature d'un contrat, les Allemands mirent en lumière les *désavantages* que tout refus entraînait. Ceux-ci étaient simples : les déportés récalcitrants seraient envoyés au camp de Maubeuge qui se chargerait de les utiliser [1].

Envers et contre tout, nos Belges tinrent bon !

Dans l'exécution de cet ordre inique, les Allemands surent introduire un raffinement de cruauté. S'affublant du masque de *Kamarade* que nous leur connaissons, ils vinrent annoncer aux expatriés transportés de joie que leurs peines étaient finies et qu'ils pouvaient rentrer en Belgique.

Et, en effet, ils vinrent jusqu'à Liége. Nous avons vu les lettres tout imprégnées d'espérance et de bonheur que ces hommes adressèrent de cette ville à leurs familles. Ils exultaient, les pauvres, et évoquaient l'heure proche où ils serreraient dans leurs bras la chère famille retrouvée. Qu'importait que les jours à venir fussent durs : les croix sont légères quand l'union les supporte. Et les épouses et les enfants comptaient les heures qui les séparaient encore de ce suprême bonheur.

1. Voir planche VII.

Mais cette heure ne vint pas. De Liége, les déportés furent envoyés à Maubeuge, où de nouvelles tortures les attendaient.

La décision du 12 juin 1917 du Ministère de la Guerre de Berlin, ne faisait que traduire en langage vulgaire le rescrit du 9 mars redigé en style sibyllin. L'empereur avait promis de faire cesser les déportations *en Allemagne* et il tenait sa promesse : seuls restaient en Allemagne les ouvriers qui, par la faim, le froid, les coups et mille autres tortures, avaient été amenés à signer un contrat de travail. C'étaient des travailleurs libres !

Ceux qui, malgré tout, malgré les menaces de mort même, avaient persisté dans leur refus, comme ceux qui seraient les victimes des déportations de demain, seront envoyés dans le Nord de la France !

La Belgique descendait du sixième au septième enfer.

CHAPITRE VIII.

Dans le Nord de la France.

LES déportés qui, d'Allemagne, s'en furent vers le Nord de la France, y trouvèrent des compatriotes. Depuis le mois d'octobre 1916, les Allemands déportaient nos hommes des Flandres vers Saint-Quentin ou vers Verdun. Loin de tout centre habité, loin de tout regard indiscret, ils étaient livrés à la brutalité des soldats de l'étape.

En Allemagne, les déportés avaient trouvé les baraquements d'un camp; en France, rien n'était apprêté pour les recevoir. C'est dans une usine, une école abandonnées, à moitié détruites par les bombes, qu'ils devaient passer leurs nuits. Là signature d'un contrat de travail se justifiait en Allemagne où les camps étaient de loin en loin visités par quelque commission neutre, mais en France, près du front, les visites importunes n'étaient pas à craindre.

Après avoir été couchés à même le sol, les déportés, rompus par un voyage long et pénible, furent réveillés à la pointe du jour par les sentinelles qui les gardaient et qui voulurent les conduire au travail. Dédaigneux des menaces, nos compatriotes refusèrent.

Alors, dans le froid anormal de cette fin d'octobre, ils furent alignés, le visage contre un mur, les bras collés au corps. Tout mouvement leur était interdit; le moindre geste entraînait des coups de cravache ou de crosse. Nulle nourriture ne leur était dispensée.

Chaque heure faisait diminuer le nombre de déportés qui restaient debout. Les uns après les autres, les hommes tombaient inanimés et étaient traînés dans les dortoirs où ils étaient abandonnés.

Au bout de 48 heures, des hommes restaient encore impassibles dans leur immobilité. Les Allemands mirent ces stoïques en rangs à coups de trique; ils ajoutèrent à cette colonne ceux qu'un peu de repos avait arrachés à leur évanouissement, et dirigèrent ce troupeau à la marche hésitante et pénible, vers le lieu de travail.

Les déportés refusèrent d'accepter les pioches et les pelles que les sentinelles leur présentaient. Alors furieux, les soldats frappèrent dans le tas, à coups de talon, de bâton et de crosse. Des civils attardés dans ces régions désolées crièrent à nos compatriotes de travailler s'ils voulaient éviter la mort; ces civils avaient vu des cas pareils sans doute.

Tremblants de froid, de faiblesse et de colère, les nôtres acceptèrent les outils qu'on leur présentait.

Que le lecteur jette un regard sur les cartes, et il constatera que nos compatriotes étaient utilisés le long de la fameuse *ligne Hindenburg*. Ils devaient placer des voies ferrées, construire des abris souterrains, creuser des tranchées, tendre des fils de fer barbelés, couler du béton pour les assises de l'artillerie lourde.

Dans la région de Verdun, les déportés étaient utilisés dans les carrières; dans les ports ou dans les gares, ils chargeaient et déchargeaient des munitions, du gravier, du ciment; dans les bois, ils abattaient les arbres. Certains étaient employés à la réfection des routes, d'autres, tout près du front, devaient travailler aux travaux de défense des Allemands.

Vers Verdun, des prisonniers avaient précédé, sans doute, nos déportés, car ceux-ci trouvèrent des baraquements dans les multiples localités qu'ils visitèrent successivement. Mais partout, la même malpropreté repoussante, partout la vermine grouillait et souvent l'eau faisait défaut. Les malheureux durent rester des mois entiers sans se laver et sans changer de linge.

La nourriture était détestable et insuffisante. Des entrailles de chevaux, à demi corrompues, étaient bouillies avec des orties; des feuilles de betteraves ou de choux-raves se rencontraient presque toujours dans les soupes distribuées, dans la plupart des bataillons, le midi et le soir. Au début, environ 250 grammes de pain étaient accordés, le soir, aux déportés en même temps que la soupe. Ce pain devait servir au déjeuner du lendemain. Mais les malheureux affamés le mangeaient dès qu'ils l'avaient reçu et s'astreignaient ainsi au jeûne jusqu'au moment de la **dis**tribution de la soupe le lendemain à midi. Ils devaient alors, le ventre creux, se livrer pendant **six** heures et parfois davantage, à des travaux lourds, exténuants.

La faiblesse bien souvent faisait vaciller leurs jambes, et des vertiges faisaient balancer leur corps. Alors les sentinelles, à coups de crosse, les rappelaient à la réalité et les jetaient par terre. A coups de gourdin, ils étaient relevés et les malheureux, grelottants de fièvre, devaient se remettre à leurs travaux de forçats. Que le vent soufflât, que la pluie tombât à torrents, que la gelée coupât les doigts et les oreilles, qu'importe, il fallait travailler. Et par ces temps affreux que l'hiver 1916-1917 nous a ménagés, les déportés allaient dans leur léger costume, souvent nu-pieds dans leurs sabots troués, pendant de longues heures, à travers la boue ou la neige qui leur montait jusqu'aux genoux, vers les lieux de travail.

Ah ! qu'ils souffraient, et combien ils auraient donné pour manger à leur faim ! Souvent, ils s'accrochaient aux fils de fer dans lesquels ils étaient enfermés comme des fauves, pour solliciter des soldats, campés dans un baraquement voisin, un peu de pain ou un peu de soupe. Les soldats allemands, pour se distraire, jetaient à ces malheureux, pardessus la barrière, quelques croûtes de pain ou quelques déchets de cuisine. Les déportés, comme une meute affamée, se battaient, se mordaient pour atteindre cette pauvre croûte. Parfois encore, les soldats jetaient une louche de soupe à la face de ces faméliques qui léchaient sur leurs vêtements et sur les fils de fer les gouttes du liquide qui les avaient éclaboussés.

Pauvres hères ! Une seule préoccupation les hantait : trouver de la nourriture. Quelques-uns avouèrent qu'ils firent cuire des limaçons pour calmer leurs souffrances; d'autres mordirent à pleine bouche dans des rats encore pantelants.

Et c'est de ces êtres déprimés, affaiblis, que les Allemands exigeaient un travail ininterrompu et trop lourd déjà pour des hommes suffisamment nourris.

Ces brutes attribuaient à la paresse les syncopes constantes dans lesquelles nos compatriotes tombaient. Ils n'admettaient pas qu'un homme fût malade, et quand un déporté sollicitait une visite du médecin, c'est à coups de bâton et de crosse qu'il était renvoyé au travail. Les coups pleuvaient toujours. Non pas à l'insu des supérieurs, mais par ordre de ceux-ci. Soldats, sous-officiers, officiers, même certains médecins frappaient.

Combien de malheureux vinrent nous dire qu'ils n'avaient pas osé se déclarer malades, de peur d'être roués de coups. C'était la fièvre, la faiblesse, le délire, qui devaient jeter le malheureux par terre, pour qu'il fût conduit à l'hôpital. Un accès de faiblesse était insuffisant; il n'entraînait pour la victime qu'une grêle de coups.

- ‑ ‑ *Ligne de front en Novembre 1916*

Planche VIII.

LOCALITÉS DE
la région de Ver-
dun où les dépor-
tés ont été uti-
lisés.

Ypres
Gheluwe
Menin
Courtrai
Houthem
Halluin
Bousbecque
Comines
Roncq
Messines
Quesnoy
TOURCOING
Armentières
Wambrechies
ROUBAIX
Marcq
Wasquehal
LILLE
Tournai
Haubourdin
Wattignies
Séclin
BÉTHUNE
La Bassée
Phalempin
Pont à Marcq
Carvin
Courrières
Ostricourt
Lens
Courcelles
Noyelles
Drocourt
Flers
Esquerchin
Quiéry la Motte
DOUAI
Vitry
Courchelettes
Noyelles
Marcq
Valenciennes
ARRAS
Sailly
Estrées
Tortequennes
Denain
Arleux
Aubigny
Récourt
Ecourt-
Bantigny
Le Quesnoy
St Quentin
Marquion
Sailly
CAMBRAI
Solesmes
Noyelles
Serauvillers
Ancre
Le Cateau
Bapaume
Lesdains
Clary
Albert
Wassigny
Sambre
Péronne
Bellicourt
Bohain
Estrées
Somme
Bellenglise
Fresnoy le Gd
Oise
Lesdins
Morcourt
Luce
Lihons
Rouvroy
St QUENTIN
Chaulnes
Neuville St Amand
Avre
Itancourt
Mézières
Châtillon
s/Oise
Séry
Hamégicourt
Serre
Roye
Brissy
Crécy

Scarpe canalisée
Escaut
Scarpe
Sensée
Lys
Ligne de front Hindenbourg
Somme canalisée
Canal de l'Oise à la Sombre
Canal de Crozat

- - - *Ligne de front en Novembre 1916*

LOCALITÉS DE LA RÉGION DE LILLE
à Saint-Quentin où les déportés ont été utilisés.

VESTE D'UN DÉPORTÉ
Les Allemands peignaient un grand F sur la veste du malheureux civil qui avait tenté de s'évader. Le déporté ainsi marqué, était tout spécialement recommandé pour les corvées et pour les coups.

Plus d'un déporté, à bout de forces, s'affaissa près de sa besogne et ne put se relever sous les coups de crosse dont les soldats l'accablaient. Il était alors transporté sur sa couchette par ses compatriotes, et le lendemain, lorsque sonnait l'appel, il ne se levait pas. Le soldat, selon sa coutume, frappait à coups redoublés le retardataire qui ne bougeait pas. Il était mort. La brute avait frappé un cadavre !

C'était l'enfer, disaient les déportés. Ils avaient raison, car à toutes ces souffrances s'ajoutait encore l'angoisse d'être tué par un obus allié.

Très souvent, l'air était sillonné par des avions alliés. Si les déportés étaient au travail, ils devaient rester à leur poste, tandis que les soldats se terraient dans les abris; s'ils étaient dans leurs baraquements, les sentinelles fermaient les portes et se mettaient à l'abri.

Et le danger ne venait pas seulement des avions : nos malheureux compatriotes travaillaient assez près du front pour être atteints par les canons français. A maintes reprises, les camps de concentration furent pris sous leurs feux et les déportés durent fuir, abandonnés par leurs sentinelles que le danger seul préoccupait.

Est-il étonnant que plusieurs Belges furent atteints par des éclats d'obus, si l'on songe que la gare de Baroncourt fut détruite par l'artillerie française, alors que les déportés travaillaient en avant de Senon, d'Eton, et d'Amel?

Au nord-ouest de LILLE, les sentinelles affectées à la surveillance des déportés portaient toutes des masques contre les gaz asphyxiants. Certains déportés même en reçurent.

A HALLUIN, les travailleurs étaient groupés dans une usine désaffectée, à proximité d'un dépôt de munitions. Un peu plus loin, une autre usine gardait des prisonniers américains. Constamment des avions alliés survolaient ces parages dans le but d'atteindre le dépôt. Les bombes tombaient comme la pluie; elles éclataient à proximité du camp des déportés, et ces malheureux, dans leur affolement, couraient d'un mur à l'autre, cherchant, mais vainement, à s'échapper. Quant aux sentinelles, après avoir enfermé leurs victimes, elles se cachaient dans leurs abris.

Les tentatives d'évasion furent fréquentes, mais bien peu réussirent. Des centaines de kilomètres devaient être franchis, et les déportés étaient sans vivres, couverts de défroques qui les signalaient de loin à l'attention des Allemands. Lorsqu'un fuyard était repris, il était versé dans un bataillon de discipline. Des soldats le déshabillaient tout nu, le couchaient sur le ventre, sur un arbre ou une table. Sous les yeux de l'officier, un militaire, changé en bourreau, administrait sur le dos du malheureux 25 ou 50 coups de cravache. On transportait alors au cachot la victime évanouie et pendant 15 jours, parfois davantage, on la privait de pain. A la sortie, on peignait un grand F sur le dos de sa veste. Pour

les Allemands, c'était un *Flieger* spécialement re-
recommandé pour les corvées et les coups [1].

La Belgique n'apprit que vers le mois de mai
1917, lors du retour des premiers grands malades,
les tortures sans nom infligées à ses enfants dans le
Nord de la France. Elle intervint avec toute son
énergie et toute sa pitié, auprès du pouvoir occupant, afin de faire cesser ces déportations inhu-
maines. Toutes ses démarches, toutes ses protestations n'aboutirent qu'à rendre les déportations plus
fréquentes et plus cruelles ! Le rescrit de l'Empereur
ne prévoyait pas les déportations en France : les
neutres eux-mêmes l'admettaient.

Un jour, en effet, une commission neutre avait
surpris un bataillon de travailleurs civils à Amanvillers, petite ville de la Lorraine, toute proche de
la frontière française. Elle fit sans doute observer à
l'officier qu'il lui était interdit d'occuper des civils
belges sur le territoire allemand, car aussitôt, le bataillon se déplaça et reprit son travail quelques
mètres plus loin, de l'autre côté du poteau ! L'Allemagne recouvrait là tous ses droits !

Depuis le mois de mars 1917, jusqu'au mois d'octobre 1918, même après la demande d'armistice,
les autorités militaires de l'étape des Flandres, du
Hainaut ou du Luxembourg réquisitionnèrent le
« matériel humain » [2]. Aucune considération, ni
d'âge, ni de situation, ni de famille, ne les arrêtait.

1. Voir planche X.
2. Voir planche XI

Des enfants de moins de 17 ans, des pères de famille de dix à douze enfants étaient enlevés. Les Allemands venaient la nuit dans un village, pénétraient dans les maisons et dans les fermes : si le fils était absent, ils s'emparaient du père; s'ils ne trouvaient pas le valet, ils saisissaient le maître. C'était la fantaisie mise au service de l'arbitraire.

La commune de Wichelen a été forcée de convoyer des civils à la fin du mois d'octobre 1918, alors que les Allemands étaient refoulés sur l'Escaut.

Que pouvaient faire les travailleurs à Termonde si ce n'était préparer une nouvelle ligne de défense !

Dans certains communes, à HEINSCH, par exemple, les Allemands avaient, en novembre 1916, enlevé 60 hommes pour les envoyer en Allemagne. Au mois d'avril, une trentaine étaient rentrés, mais le 5 mai, 152 hommes furent envoyés en France. Et Heinsch ne compte que 2072 habitants. La parole du Kaiser était bien respectée : on ne déporterait plus *en Allemagne*.

Même dans le territoire du Gouvernement Général, les déportations continuèrent après le rescrit du 9 mars.

Le 10 mai 1917, des ouvriers de Bruxelles furent de force envoyés à STRAIMONT, où ils endurèrent les mêmes souffrances que leurs compatriotes déportés en Allemagne [1].

Les autorités militaires ne s'inquiétaient pas de

1. Planche XIV.

Urlaubs-Schein.
Billet de permission

(Gilt nicht als Verkehrs-schein, siehe Vorlg. des A. O. K.-6 vom 1. 3. 17 Id Nr 33.232...

Zivilarbeiter *4370* (Vor- u. Zuname) *Hachez Robert*

beschäftigt bei : **Gruppe Vimy**: Arbeitsamt 511 *Thourout*

ist für die Zeit vom *11.4.* bis *19/3.* nach *Vimy-Avion-Arras* beurlaubt.

Jeder Heeresangehörige ist verpflichtet, einen Zivilisten, der ...

... Urlaubsschein ... diesem Schein antritt, der nächsten Dienststelle, der Militärpolizei oder ...

...endarmerie azuführen.

(Unterschrift)
Dienststempel   (Siegel)

Ober Leutnant

A la mairie de

Mons

Benoit Odair demeurant rue *ch. des Tuileries*

doit se présenter le *25-7-18* *9* heures $\frac{\text{matin}}{\text{après-midi}}$ (allemandes)

à l'office de travail dans la rue de la Biche 17.

Prendre soin de se munir de bonnes chaussures, vêtement, couverture et couvert.

Il faut apporter immédiatement ses bagages.

Non-paraître sera puni sévèrement.

COMITÉ DE SECOURS — ALIMENTATION — MONS

BILLET DE PERMISSION ET CONVOCATION
datés l'un du 11 mai 1918 l'autre du 25 juillet 1918.

PDANCHE XII.

Der Kreiskommissar
für
Soziale Fürsorge Brüssel-Land.
Koninplieots, 1

Tagebuch Nr. 741.

Brüssel, den 2.1. 1918

Kreis Chef Brüssel
Eing. 4/1 No. 3434

Betrifft:
Bezug:

An den Herrn kaiserlichen Kreischef Brüssel-Land.

Die Frau Hennebo auswoluwe St. St. Leeuwensche Steenweg
Nr.131 bittet dringend, ihren Mann, Richard Hennebo, der
vor einem Jahr ausgeboben zwangsweise abgeschoben
wurde, zurückkehren zu lassen, da sie sich mit ihren drei
Kindern laut Anlage in der grössten Not befindet. Der
Mann würde hier Verdienst finden. Seine Adresse ist:
2. A. B. 3. 4. Komp. Nr. 1737.

1 Anlage

CORRESPONDANCE ÉCHANGÉE
entre le commissaire civil de Bruxelles
et le bataillon des travailleurs.

Le Commissaire reconnait que le civil auquel il s'intéresse n'est pas chômeur
et que sa famille souffre.

Kais. Kreischef Brüssel.   O.   Brüssel, den 5. Januar 1918.
      Tab.Nr.31324/1

Betreff: Gesuch der Frau Hennebo um Rückführung
         ihres Mannes.

            U.R. Dem
            Zivilarbeiter Batbillon Nr. 111

      mit der Bitte um Mitteilung, ob H. dort vertraglich zur Wei-
      terarbeit verpflichtet ist.

                                        Kaiserl. Kreis Chef, Brüssel
1 Anlage   A. B.

ZW. Arbt. Batl. 3   Major u. Ordonnanzoffizier

CORRESPONDANCE ÉCHANGÉE
entre le commissaire civil de Bruxelles
et le bataillon des travailleurs.

Le Bataillon des Travailleurs ne consent à libérer cet homme qu'en échange
d'une autre unité de même valeur productive.

Kaiserlich Deutsche Kommandantur.   Brussel, (postdatum)
                                                   Bruxelles, (date de la poste)

        Gy behoort op 10.Mai te 5,30 uur's voormiddag (D.T.) in de
Noordstatie (Vooruitgangstraat, deur 3) dadwezig te zijn, om naar een
arbeidsplaats in Belgie te vertrekken.
        Wie aan dezen oproep geen gevolg geeft, zel onmiddellijk bij
dwangmaatregel weggevoerd worden.
            Dezen oproep moet medegebracht worden.

                                            Graf von Seden.
                                        Oberst und Kommandant.

        Vous êtes convoqué pour le 10.mai à 5,30 h. du matin (h. all.) à la
gare du Nord, rue du Progrès, porte 3, pour être envoyé à un lieu de
travail en Belgique.
        Au cas où vous ne donneriez pas suite à la présente convocation,
vous seriez expédie immédiatement par contrainte.
        La présente convocation est à apporter.

                                            Graf von Boden.
                                        Oberst und Kommandant.

CONVOCATION AUX CIVILS DE BRUXELLES. Tous les malheureux
qui se rendirent à cette convocation furent envoyés à Straimont.

ERLAUBNIS-SCHEIN

Der belgische Zwangsarbeiter DARDENNE, Jean, aus
Brussel, geboren : 16-4-94, Pers. Ausw. n° 128784. welcher
bei der Schwellengewinnungsstelle beschäftigt ist, hat die
Erlaubnis sich in den Ortschaften St. Medard-Gribemont
frei zu bewegen.

Um 10 Uhr abends muss er in seinem Quartier in der
Schule van St. Medard sein. Werd er ausserhalb der ange-
gebenen Ortsgrenden angetroffen, so ist er festzunehmen
und der unterzeichnete Stelle wieder zuzuführen.

Gultig bis 1 Juli 1917.

Ausgestellt Bf. Straimont den 2-6-1917.

Militär Generaldirektion der Eisenbahnen

Schnellengewinnungsstelle

Wald von Herbeumont

Bahnhof Straimont;

BILLET DE PERMISSION. Dès le mois de juin 1917, les Allemands,
même dans leurs documents officiels, qualifiaient les déportés de Zwangsarbeiter : travailleur forcé.

savoir si les déportés étaient chômeurs ou non.
Lorsqu'à la suite d'instances répétées, le Gouvernement Général consentait à intervenir timidement
auprès des bataillons de travailleurs, ceux-ci lui
répondaient sèchement que le travailleur forcé auquel on s'intéressait pouvait être libéré à condition
qu'on envoyât un autre travailleur de même
valeur productive [1]. L'appellation *Zwangsarbeiter*
était d'ailleurs admise dans la terminologie offi-
cielle [2].

1. Planches XII et XIII.
2. Planche XIV.

CHAPITRE IX.

CONCLUSION.

L'ESPRIT se refuse à croire qu'un pays ait pu boire la coupe du crime jusqu'à la lie. Les récits, réels dans leur invraisemblance, qui nous ont été faits par les martyrs des déportations, sont malheureusement confirmés par les constatations que nous avons pu faire nous-mêmes et par les documents que nous avons recueillis.

Lorsque les déportés malades, à la suite des privations et des tortures qu'ils avaient supportées, nous étaient confiés, ils arrachaient des larmes. Des vêtements en lambeaux, couverts d'hiéroglyphes multiples, flottaient sur leur corps décharné. Leurs jambes, grossies par l'œdème, ne supportaient plus le poids de leur corps; une toux creuse sortait de leur poitrine, tandis que leurs yeux vagues, où la terreur se lisait encore, s'enfonçaient dans l'orbite.

Pauvres hommes ! Tristes épaves !

MM. les docteurs Appelmans, de Dilbeek, et Maroy, de Bruxelles, soumirent ces infortunés à des examens attentifs et fréquents. Ils constatèrent, chez la plupart des rapatriés, une dénutrition poussée à l'extrême : les plaies les plus anodines guérissaient très mal et la cicatrisation s'opérait avec une lenteur anormale. Un simple abcès, exempt de toute complication, exigeait plus de six semaines pour se cicatriser. L'anémie profonde dont ces hommes souffraient explique ce fait, ainsi que les vertiges cérébraux dont trop de patients étaient atteints.

De nombreuses interventions chirurgicales ont eu lieu dans les ambulances allemandes ; presque toujours ces opérations ont été effectuées sans aucun soin, de telle sorte que la guérison des plaies, déjà compromise par la dénutrition et l'anémie coexistante, entraînait souvent une mutilation du membre intéressé. Ces opérations ont été faites, le plus souvent, sur des phlegmons abcédés ou des arthrites suppurées. Ces phlegmasies résultaient elles-mêmes de plaies mal soignées ou totalement négligées.

Une nourriture trop liquide et dépourvue d'éléments nutritifs, avait affligé les déportés de tympanismes gastro-intestinaux extraordinaires et tenaces. D'ailleurs, en général, les rapatriés examinés souffraient d'une sensibilité trop grande des intestins ; un rien provoquait chez eux des diarrhées qui pouvaient mettre leur vie en danger. Un très grand nombre d'entre eux avaient dû souffrir de dysenterie au cours de leur déportation, car leurs selles restaient souvent muco-sanguinolentes.

Très nombreux étaient les cas d'affection cardiaque, se traduisant tantôt par de l'œdème, parfois localisé dans les membres inférieurs, parfois intéressant tout l'organisme ; tantôt par de la dyspnée, des lésions valvulaires, de la tachycardie. Des rhumatismes articulaires ou musculaires n'étaient pas rares.

Fréquents étaient les œdèmes hydrémiques généraux ou localisés aux membres inférieurs et qui disparaissaient par le repos et une nourriture substantielle. La cause formelle en résidait dans une nourriture insuffisante en qualité et en quantité pendant une période prolongée.

Une proportion très grande de rapatriés souffraient de néphrite albuminurique et de tuberculose pulmonaire. Nombreuses aussi étaient les pleurésies.

Le manque absolu des soins les plus élémentaires de propreté avait entraîné des affections cutanées telles que phtiriase, furonculose et gale.

Plusieurs rapatriés portaient encore des plaies occasionnées par des éclats d'obus.

Ces constatations, dans leur brève nomenclature, sont édifiantes : elles donnent une confirmation scientifique aux lamentables déclarations des déportés.

Et s'il fallait trouver encore une confirmation de celles-ci, il suffirait de la chercher dans la haine que ces martyrs vouent à l'Allemagne. L'un d'eux nous déclara : « Deux de mes filles sont institutrices. Je leur dirai tout ce que j'ai pu endurer sans mourir. Je leur demanderai de transmettre mon récit, chaque année, à leurs élèves, et je leur ordonnerai d'apprendre à celles-ci pourquoi nous devons haïr l'Allemagne »...

Quand la gloire dont les générations futures hériteront cachera à leurs yeux les horreurs des combats, elles se souviendront toujours des infamies sans nom que les Allemands ont commises en déportant les civils belges !

Des veuves et des orphelins monteront la garde autour de la HAINE !

DEUXIÈME PARTIE

LES RÉCITS DES DÉPORTÉS BELGES

L'ENQUETE

L'ÉNORMITÉ du crime commis par l'Allemagne fait douter de sa réalité. L'esprit se refuse à admettre que, de sang-froid, des intelligences cultivées aient pu se résoudre à perpétrer des infamies dont les siècles civilisés n'offrent aucun exemple. Mais les faits s'imposent : le doute n'est pas possible, hélas !

Nous disons hélas ! car, pour la dignité de l'humanité, il eût été souhaitable que les récits des déportés n'eussent trouvé aucune confirmation. Mais les déportés eux-mêmes étaient des documents vivants. Comment douter de la déclaration des fantômes, des lambeaux humains que nous avons interrogés, photographiés? Nous aurions pu décupler le nombre de ces photographies, de ces déclarations, mais à quoi bon? Celles que nous publions ne constituent-elles pas un réquisitoire terrible et douloureux? Aucune négation ne saurait ébrécher leur sincérité.

Si un reproche pouvait leur être adressé, ce serait celui de ne pas exposer la vérité dans toute son horreur. Les déportés s'accrochaient à leur liberté reconquise, et ils n'osaient la compromettre. Beaucoup venaient nous dire que les soldats allemands leur avaient ordonné de taire tout ce qu'ils avaient vu ou subi dans les bataillons de travailleurs. Une nouvelle déportation sanctionnerait toute infraction à cette loi du silence.

Toutes les déclarations qu'on lira plus loin ont été actées par l'auteur lui-même au cours de conversations avec les déportés. Dans l'atmosphère de sympathie qu'un home familial créait autour d'eux, les malheureux laissaient parfois déborder leurs souvenirs. Ces confessions furent transcrites aussitôt. Les premières ne furent guère prises en considération : tant de cruauté dépassait les limites du vraisemblable. Les souvenirs devaient amplifier la réalité. Les déclarations ultérieures changèrent cette première impression : toutes se répétaient, se confirmaient. Elles émanaient cependant d'hommes qui ne s'étaient jamais vus : elles étaient données à des époques différentes ; elles se juxtaposaient jusque dans leurs moindres détails. Il n'était pas possible d'inviter les déportés à signer une déclaration rédigée et actée dans les formes légales. Les espions allemands étaient aux aguets, et la moindre indiscrétion aurait eu des conséquences funestes. Cependant, la plupart des déportés ont certifié, sous la foi du serment, la sincérité de leur déclaration. D'autre part, l'auteur, à son tour, n'hésite pas à certifier sur l'honneur que les déclarations ont été reproduites telles qu'elles ont été recueillies.

Ceci, au surplus, est bien inutile : Les rapatriés sont suffisamment désignés pour permettre un

nouvel interrogatoire, et pour obtenir des intéressés eux-mêmes la confirmation de leur récit.

Si l'auteur désirait appuyer d'un témoignage la
réalité des déclarations, il se permettrait de citer
MM. les docteurs Appelmans et Maroy. Ils ont pu,
eux aussi, entendre de la bouche des déportés la
pénible narration des supplices infligés aux civils
dans les bagnes d'Allemagne ou de France. Ces
praticiens n'ont pu qu'entériner les constatations
déjà faites par les professeurs Verhoogen et Vander-
velde, qui ont visité les déportés, l'un à l'Hôpital
Saint-Jean, l'autre à l'hôpital Saint-Pierre, à
Bruxelles [1].

Et si l'Allemagne réclamait d'autres garanties
encore, elle n'aurait qu'à interroger elle-même ceux
de ses soldats qui, à la *Pass-Zentrale* ou au *Meldeamt* de Bruxelles et de Dilbeek, avaient pour
mission de surveiller les déportés. Nous avons leur
nom au bout de notre plume.

---

1. Nous n'avons pas cherché à donner aux déclarations des
rapatriés une forme châtiée. Autant que possible, nous nous
sommes efforcés de respecter le langage des intéressés ou de
traduire textuellement leurs dépositions. Le lecteur voudra
donc ne pas nous reprocher les imperfections qui abondent
dans les déclarations.

RÉCITS DES DÉPORTÉS

Devaere (Petrus), né à Gand, le 31 décembre 1883, domicilié à Gand, 42, Sassche Kaai.

A Romagne, j'avais obtenu une besogne facile. Ayant refusé de souscrire un contrat de travail, j'ai été envoyé à la gare où le travail était rude et fiévreux. Par suite de la nourriture insuffisante, bien souvent des hommes tombaient épuisés ou malades. Aussitôt pleuvaient les coups de crosse ou de bâton. Jamais un prêtre n'entrait dans cet enfer. Jamais, sauf une seule fois, je n'ai pu assister à la messe. A l'hôpital de Stenay, la surveillance des salles semblait assurée par des soldats déséquilibrés venant du front. L'un d'eux prenait plaisir à arracher les malades de leur lit.

Gurderbecke (Richard), né à Gand, le 29 avril 1882; domicilié à Gentbrugge, 292, Gontrodestraat.

Je me trouvais au camp de Romagne. Un matin, souffrant de la poitrine et de la fièvre, je me plaignis au sous-officier. Celui-ci m'empoigna par les épaules et me jeta contre un mur. C'était la règle : dès que la fatigue ou la maladie empêchait un malheureux civil de travailler, il était battu.

Du 1er décembre au 5 mai 1917, j'ai vu une seule fois un prêtre au camp de Romagne. Une seule fois, j'ai pu assister à la messe et j'ai pu alors communier. Dans les baraques, nous disposions d'un matelas bourré de fibres de bois; ce matelas dut être jeté, car la vermine y fourmillait.

Les hommes couraient affamés sur les travaux, la rage au cœur et tremblant à chaque moment pour leur existence. Quand un compagnon d'infortune était parvenu à obtenir un morceau de pain, les yeux de ses camarades semblaient lancer des flammes. Dans cet enfer, les jurons et les imprécations se croisaient. Un jour, j'ai payé un franc pour un rat; j'en ai mangé un tiers et, malgré ma faim furieuse, j'en ai jeté le restant, dans un hoquet de dégoût.

A l'hôpital de STENAY, les soldats surveillant les salles semblaient fous et prenaient plaisir à battre les malades. Les lits étaient marqués A ou B, suivant que les patients pouvaient se lever où devaient rester couchés. Si un patient d'un lit A était trouvé dans son lit, il en était arraché par les pieds et jeté sur le plancher. Par contre, si un malade d'un lit B était trouvé debout, il était frappé et jeté sur son lit avec brutalité. Nous vivions dans une angoisse continuelle.

Maes (Firmin), né à Saffelaere, le 7 mars 1899; domicilié à Saffelaere, Kerkstraat, 21.

Je devais enterrer au cimetière de MONTMÉDY les morts français, russes ou allemands. Personnellement, je n'ai pas été maltraité, mais je voyais autour de moi que les soldats allemands frappaient mes compatriotes, quand la besogne n'avançait pas assez vite à leur gré. La discipline était très sévère. Un jour, un Russe, atteint de surdité, se rendait au W. C. N'obtempérant pas assez rapidement à l'ordre verbal lancé par la sentinelle, il fut tué d'un coup de fusil.

Claerhoudt (Auguste), né à Uytkerke, le 31 août 1876; domicilié à Gentbrugge, 14, Veldstraat.

La nourriture qu'on nous octroyait était absolument insuffisante : le matin, un morceau de pain devant peser 500 grammes, mais n'atteignant jamais ce poids; le midi, un demi ou trois quarts de litre d'une soupe très claire; le soir, un bol de café. Cette nourriture ne nous permettait pas d'assurer le travail considérable et fiévreux que les Allemands exigeaient de nous. Aussi étions-nous battus comme des esclaves. Les coups de crosse, de bâton, de pied, pleuvaient; nous étions traités d'une façon inhumaine.

De Cavel (Hilaire), né à Beveren (Courtrai), le 12 janvier 1893; y domicilié, Groote Heirweg.

A DEMBLEY, revenant malade du travail, je me traînais derrière le troupeau des travailleurs. Sans avertissement, la sentinelle me donna dans le dos un coup de crosse qui m'étendit par terre.

Boon (Frans), né à Gand, le 19 février 1873; domicilié à Gand, 38, Sasschepoortstraat.

Un jour, je dus porter une trop lourde bassine de soupe. Je pliai sous le poids et la sentinelle m'administra un formidable coup de pied. A l'hôpital de STENAY, les soldats surveillant les salles étaient des brutes, frappant sans raison les malades. Ils prenaient plaisir à tirer les patients par les pieds, à les arracher de leur lit et à les jeter à terre.

Van Malderghem (Richard), né à Goefferdingen, le 2 janv. 1895; domicilié à Grammont, Wumegemstraat, 30.

A VILLERS, je reçois l'ordre de faire du feu. Je ne m'exécute pas et le soldat m'administre des coups de crosse sur le crâne. J'en ai gardé un abcès dans l'oreille; cet abcès, qui n'est pas guéri, m'a valu ma libération.

Vernaille (Cyrille), né à Thielt, le 15 juin 1890; domicilié à Thielt, Marialoopschesteenweg.

J'ai été envoyé au camp de DEMBLEY. Nous étions battus sans raison. Un jour, je tournai la tête et aussitôt le soldat allemand me lança un coup de poing dans la figure. Le sang me gicla du nez et de la bouche.

D'Haeyer (Georges), né à Gand, le 3 février 1890; domicilié à Gand, 39, Heuvelstraat.

A ROMAGNE, étant malade et n'avançant pas assez vite, un soldat allemand me donna un coup de crosse dans le dos. Je m'étendis par terre. Le lendemain, je dus garder le lit, et je n'ai pas quitté l'hôpital depuis lors. Nous étions traités avec une révoltante brutalité.

Carlier (Omer), né à Nederbrakel, le 16 février 1879; domicilié à Nederbrakel, Oudbrakelstraat.

A VILLERS, quand les malheureux civils tombaient de maladie ou d'épuisement, les soldats allemands les ramassaient à coups de pied ou de crosse. Dans cet enfer sans nom, on jurait, on blasphémait de faim, de douleur et de rage.

Maeyens (Alfons), né à Ruysselede, le 15 août 1899; domicilié à Ruysselede, Stronkhoutwijk.

J'ai travaillé à FONTAINES. A mes côtés, un homme de mon village tombe complètement épuisé. A quatre, nous le ramassons et le conduisons au camp, où le soldat de garde se met à le battre. Le lendemain, mon camarade était mort. Nous n'avons jamais vu de prêtre à Fontaines.

De Koker (Edouard), né à Cherscamp, le 21 août 1876; domicilié à Cherscamp, Statiestraat.

J'étais perclus de rhumatismes et pourtant, pour éviter les mauvais traitements, je m'efforçais de travailler.

Un jour, je portais péniblement une pierre, lorsqu'un jeune caporal, trouvant que je n'avançais pas assez vite, me donna dans le dos un coup qui m'étendit par terre.

Simoen (Théophile), né à Lokeren, le 1ᵉʳ décembre 1877; domicilié à Moerzeke, 24, Molenstraat.

Notre baraque était établie entre ROMAGNE et MANGIENNES. Le 13 décembre 1916, les obus français se sont mis à tomber à proximité du baraquement. Des éclats d'obus tombaient jusque dans la cour. Nous nous sommes enfuis et les Allemands nous ont conduits à VILLERS.

Claus (Emile), né à Wetteren, le 30 octobre 1885; domicilié à Wetteren, Liefkenshoek.

J'ai travaillé à NEUVILLE-SAINT-AMAND, à HAUCOURT et à MÉZIÈRE-SUR-OISE. Mon travail consistait à creuser des tranchées d'une profondeur d'environ dix mètres. Ces tranchées étaient souterraines et se continuaient, ensuite, à ciel ouvert. Nous nous trouvions dans un état de saleté repoussante; nous nous enlevions les poux, les uns aux autres. Bien que nous fussions presque tous de religion catholique, aucun de nous ne mettait jamais le pied à l'église; il est vrai que nous devions travailler le dimanche comme en semaine.

Hostijn (Léopold), né à Courtrai, le 29 janvier 1882; domicilié à Courtrai, 107, rue Saint-Antoine.

A DEMBLEY, je demandai à une sentinelle quel travail je devais exécuter. Pour cette seule question, elle me roua de coups qui m'étendirent par terre; elle voulut me relever en me tirant par la ceinture, mais je retombai accablé sur le sol.

Rogiers (Julien), né à Harelbeke, le 27 mai 1891; domicilié à Courtrai, 123, rue Saint-Antoine.

Vers le 15 décembre 1916, nous avons dû quitter le camp de REVILLE, celui-ci étant exposé au feu des Français.

Huyghe (Camille), né à Courtrai, le 5 novembre 1894; domicilié à Courtrai, 7, Staceghemsche steenweg.

A DEMBLEY et à DANVILLERS, des soldats allemands nous offraient parfois de loin une croûte de pain ou un peu de soupe. Un jour, je me dirigeais vers eux, fou de faim, et je fus aussitôt battu à coups de crosse et à coups de pied.

Van Huffel (René), né à Audenarde, le 30 septembre 1897; domicilié à Audenarde, 7, Smallendam.

Au début de notre séjour à GIBERCY, nous avons dû nous enfuir, le camp étant exposé au feu des Français. A DEMBLEY, j'étais fortement malade et je tombais à chaque pas. Je me présentai à la visite médicale et le docteur me déclara apte au travail. Je travaillai donc péniblement, et la besogne n'avançant pas assez vite au gré de la sentinelle, celle-ci me donna des coups de crosse dans le dos et un violent coup de jonc sur la main.

Schoof (Gustave), né à Berlaere, le 16 mars 1874; domicilié à Berlaere, dorp.

A STENAY, à VILLERS et à GRANDVILLERS, nous étions battus à propos de rien. Dans ce dernier camp, malade au point de ne pouvoir me traîner, je me suis présenté à l'officier. Celui-ci me gifla et me bourra de coups de pied qui m'étendirent par terre.

Verstraeten (Georges), né à Eename, le 6 décembre 1894; domicilié à Eename-Wijck.

A DEMBLEY, je souffrais d'une constipation rebelle. Je m'en étais plaint à différentes reprises, mais en vain.

Un jour, le long de la route, alors que je souffrais beaucoup, la sentinelle trouva que je prenais trop de temps et elle m'asséna huit violents coups de bâton dans le dos.

Wellekens (Aloïs), né à Erembodegem, le 28 décembre 1890; domicilié à Erembodegem, ter Joden Driehoek.

Vers le 25 décembre 1916, le camp de ROMAGNE étant trop exposé au feu des Français, nous avons été dirigés sur VILLERS et remplacés, à Romagne, par des prisonniers Russes.

Nous étions constamment battus à coups de crosse. de bâton, de pied ou de poing. Chaque sentinelle portait un bâton dont elle usait largement. Le dimanche après-midi, nous étions dispensés de tout travail, mais pour le plaisir des Allemands, nous étions réunis en rangs dans la cour. Nous restions là, immobiles, exposés au grand froid de l'hiver.

Samijn (Gustave), né à Courtrai, le 9 février 1887; domicilié à Courtrai, 59, rue Saint-Antoine.

Nous vivions dans une saleté repoussante. A DEMBLEY, nous couchions sur des nattes maintenues par des bâtons. Les paillasses, au surplus, n'auraient guère pu servir; elles étaient remplies de vermine. Celle-ci avait des tailles que je ne lui connaissais pas.

Roelenbosch (Charles), né à Mont-Saint-Amand, le 27 février 1878 ; domicilié à Mont-Saint-Amand, 114, Meerschstraat.

Les chiens sont mieux traités que nous ne l'étions par les Allemands en France. La nourriture était insuffisante au point qu'à FONTAINES j'ai vu un de mes camarades mourir de faim. J'étais heureux de la plaie que je portais au pied, car elle me permit de sortir de cet enfer pour entrer à l'hôpital.

Lory (Alphonse), né à Bambrugge, le 20 juillet 1899; domicilié à Bambrugge, Landschestraat.

Nous avons dû quitter le camp de ROMAGNE, celui-ci étant trop exposé au feu des Français. Les obus passaient au-dessus de notre baraque, et j'ai vu deux Allemands grièvement atteints. Nous étions constamment maltraités. Un jour, que je restais au lit, malade, deux soldats me tirèrent hors du lit et me forcèrent à me rendre à mon travail, nu-pieds dans la neige.

Dechanet (Jean), né à Villers-le-Peuplier, le 20 août 1872; domicilié à Arlon, 94, rue de la Semois.

Le 30 novembre 1916, les Allemands nous convoquèrent dans la cour du couvent des Jésuites. Tous les agents du Chemin de Fer se trouvaient ensemble.

Un sous-officier nous lut une note allemande dont nous ne comprîmes rien; un machiniste de l'État belge, originaire d'Arlon, fut chargé de nous en donner la traduction. Celle-ci était à peu près la suivante : « Mes amis, on nous dit que ceux qui veulent travailler pour les Allemands ne partiront pas. Qu'en pensez-vous? Je pense, moi, que nous devons nous défendre et que nous ne pouvons travailler pour eux ! » L'Allemand nous fit dire que ceux qui consentaient à travailler pouvaient ne pas bouger. Tous les cheminots levèrent aussitôt les bras en criant : « Vive la Belgique ! A bas l'Allemagne ! » Nous passâmes au contrôle.

Nous fûmes expédiés à GUBEN, où nous arrivâmes le 2 décembre. Les baraques étaient chauffées. On semblait vouloir nous laisser tranquilles, lorsque vers le 10, je fus invité, avec trente de mes camarades, à me trouver « sous l'horloge » (c'était l'endroit du marché). En effet, un industriel ne tarda pas à se présenter et, sans demander aucune explication, il nous embaucha et nous emmena à Ratibor (frontière de la Silésie). C'était une fabrique d'accessoires d'électricité. Environ trois mille femmes y travaillaient déjà, ainsi que quelques rares prisonniers russes. Nous refusâmes tout travail et nous fîmes remarquer au directeur que nous avions été enlevés contre notre gré et que nous n'étions nullement chômeurs. Le directeur fut vexé, déclarant que, d'après des renseignements qu'il avait obtenus, nous avions été enlevés de Belgique afin d'éviter les émeutes et les conflits avec les troupes allemandes. Il téléphona au camp en marquant son mécontentement d'avoir été induit en erreur et d'avoir été exposé à des frais de voyage, séjour, etc... pour trente et une personnes. Le camp répondit qu'il pouvait renvoyer les hommes et que les frais seraient remboursés. Nous fûmes donc renvoyés à Guben, où on nous visita sur toutes les coutures. On confisqua provisoirement l'argent que nous possédions. Sur cet argent, on préleva les frais de voyage et de séjour à Ratibor, lesquels s'élevaient à 18 marks 60 par homme. Celui qui possédait de l'argent devait payer pour celui qui n'en possédait pas ; ce dernier délivrait un reçu. Je possède encore cinq de ces documents. On nous aligna ensuite dans la neige qui nous montait jusqu'aux genoux, avec défense formelle de nous déplacer. Et la neige et la grêle continuaient à tomber et à nous couvrir ! Nous sommes restés dans cette position, de 10 *heures du soir* à 10 *heures et demie du matin*, sans boire ni manger. Si l'un de nous avait le malheur de chercher un abri contre le mur, il était roué de coups de crosse. A 10 heures et demie, le général vint nous annoncer que nous serions punis et mis à la demi-ration. En outre, il prit dans notre groupe trois otages qu'il envoya dans un camp de discipline.

Notre ordinaire se composait alors d'une tasse de thé et de quatre biscuits français. Ceci se passait le 14 décembre 1916.

On nous laissa tranquilles jusqu'au début de février. Alors, une nouvelle convocation nous appela « sous l'horloge. » J'avalai du tabac et du savon et me déclarai malade. Le médecin qui vint m'ausculter constata une bronchite. Mes camarades furent emmenés dans un bois de sapins, mais refusèrent de travailler. Ils

8

furent battus par le patron et par les gardes forestiers. Ces sévices n'étant pas suffisants, ils durent rester dans le bois pendant quarante-huit heures, sans manger. Environ dix jours plus tard, ils revinrent au camp. Là, ils furent enfermés dans une baraque non chauffée, n'ayant ni sac, ni paille pour se coucher, et il leur était interdit de converser entre eux. Après être restés dans cette situation pendant quarante-huit heures et avoir été délestés de tout ce qu'ils possédaient, ils furent renvoyés dans les baraques. Comme j'étais à l'hôpital, je pouvais, le soir, leur jeter quelques biscuits français. Ceux-ci furent pris par les sentinelles qui les lancèrent dans les latrines.

Vers la fin de février 1917, les Allemands rassemblèrent environ 1.500 civils et les expédièrent dans la Prusse Orientale. J'ignore ce qu'ils sont devenus. Quant à moi, je me trouvais toujours à l'hôpital et j'ai été renvoyé en Belgique le 27 février; je suis arrivé à destination le 3 mars.

Le 6 mai suivant, je fus convoqué de nouveau par les Allemands. Je n'étais nullement chômeur; je l'étais d'autant moins qu'indépendamment des secours que m'allouait l'État, je touchais la différence de mon salaire au Comité local de Secours et d'Alimentation. Je fus pris et envoyé à Montmédy, où je dus travailler à la construction d'un chemin de fer à voie étroite. J'y restai pendant une dizaine de jours sans rien faire. Puis on groupa 400 hommes qui allaient être utilisés au nivellement de la voie.

Nous recevions, le soir, environ 300 grammes de pain et une tasse de café (?). Ce pain devait servir le lendemain matin et le midi jusque vers trois heures et demie, moment où nous rentrions du travail et où l'on nous distribuait un litre de soupe aux betteraves et aux choux-raves.

Van Remoortel (Joseph), né à Stekene, le 28 mars 1895; domicilié à Selzaete.

Derrière le village de ROMAGNE, nous avons construit des tranchées profondes de 3 mètres 10, communiquant avec des puits de 40 centimètres de profondeur. Dans le fond de ces tranchées et de ces puits, courent des câbles électriques et des fils téléphoniques. Nous avons été maltraités et roués de coups. Un jour, j'avais la mission de décharger un wagon de pierres. J'étais malade au point de ne pouvoir me lever. M'étant assis un instant, deux sentinelles s'approchèrent et me prirent, l'une par la tête, l'autre par les jambes et me jetèrent sur le wagon.

Van Damme (Charles), né à Lovendeghem, le 3 mars 1877; domicilié à Gand, 23, Groot Meerhem.

Derrière CLÉRY-LE-PETIT, sur la hauteur, des tranchées précédées de fils de fer ont été construites. Nous avons refusé de coopérer à ce travail.

De Witte (Charles), né à Termonde, le 18 janvier 1876; domicilié à Gand, 114, Nieuwe Sasschepoortstraat.

A DUN, vers le 6 juin 1917, j'étais malade au point de ne pouvoir me lever. La sentinelle, furieuse parce que je n'avançais pas assez vite, me jeta un seau d'eau froide sur le corps. Du coup, je crachai du sang et dus être transporté en automobile à l'hôpital de STENAY.

Vergucht (Jean), né à Eyne, le 23 février 1893; **Ver-gucht** (Maurice), né à Eyne, le 29 juin 1898; domiciliés à Eyne, Dorpstraat.

A GIBERCY, nous étions exposés au feu des canons et des aviateurs français. Nous avons protesté et avcns enfin été emmenés à DEMBLEY. Nous avons été remplacés par des prisonniers français. A JAMETZ, le travail était des plus dur. Par 12° sous zéro, nous devions travailler dans l'eau à l'aménagement d'un parc d'aviation.

Lameire (Maurice), né à La Pinte, le 17 septembre 1896; domicilié à La Pinte, Lijckstraat.

De décembre 1916 à février 1917, nous étions une dizaine de civils belges employés dans une scierie de BRIEULLES. Ce village était constamment exposé au feu des Français. Les canons de ceux-ci portaient loin au-delà du village et j'ai vu un obus français tomber dans la Meuse et exploser à trente mètres de moi. Lorsque le village était bombardé, soit par les canons, soit par les aviateurs, les Allemands qui nous gardaient se sauvaient dans des trous profonds creusés le long des chaussées. Quant à nous, nous devions rester dans la baraque ou bien au milieu de la rue.

Dierickx (Raymond), né à Uytbergen, le 28 février 1890; domicilié à Uytbergen, Dorp, 21.

Le camp de ROMAGNE a dû être évacué le 13 décembre 1917, parce qu'il était trop exposé au feu des Français. Nous étions maltraités. Un jour, la pluie battante me força à chercher, dans la baraque, un capuchon. Je pris trop de temps au gré de la sentinelle, qui m'empoigna par la gorge et me jeta par terre.

Puylaert (Charles) né à Hamme, le 30 mars 1882; domicilié à Hamme, 172, Bezemstraat.

Le 13 décembre 1917, le camp de ROMAGNE a dû être évacué par nous, parce qu'il était trop exposé au feu des Français.

Pattijn (Maurice), né à Courtrai, le 24 avril 1898; domicilié à Courtrai, 36, Sioenstraat.

Nous étions traités comme des animaux. Un jour, à REVILLE, ayant les pieds ouverts, je n'avançais pas assez vite au gré de la sentinelle; je reçus cinq giffles et roulai par terre.

Vervaet (Benjamin), né à Laerne, le 16 octobre 1877; domicilié à Wetteien, 15, Grasveld.

Le 13 décembre 1917, nous avons dû quitter RO-MAGNE, ce camp étant exposé au feu des Français. La nourriture était insuffisante au point que j'étais littéralement bleu de faim.

Van Malderen (Amandus), né à Berlaere, le 14 juin 1879; domicilié à Berlaere, Dal.

Nous avons dû quitter ROMAGNE à cause du feu français; les obus tombaient dans la cour, à cinquante mètres de la baraque. Un aviateur allemand qui évoluait au-dessus de celle-ci a été atteint et est tombé en morceaux. Nous étions affamés. Si, par malheur, nous étions surpris à nous présenter deux fois à la soupe, nous étions battus comme des animaux. A BILLY, c'est l'officier JANSSENS qui se chargeait de ce soin; il m'a notamment accablé de coups de cravache.

Leytens (Léonce), né à Tronchiennes, le 21 octobre 1878; domicilié à Eecke, 4, Oude Herdeweg.

A MONTMÉDY, nous étions couverts de vermine. Nous n'avions même pas d'eau pour nous laver la figure et pour rafraîchir notre linge. Nous vivions dans une saleté repoussante.

Deck (Théophile), né à Moerseke, le 10 mai 1877; domicilié à Moerseke, Gehucht Ebbe.

Nous avons dû nous sauver de ROMAGNE, ce camp étant trop exposé au feu des Français. A VILLERS, j'étais absolument à bout de forces; j'avais souffert d'une violente diarrhée pendant dix jours et je n'avais plus la force de parler. Dans le bois où nous travaillions, j'étais tombé inanimé et j'avais été porté par des camarades jusqu'à la baraque. Le lendemain, je ne pouvais me lever; deux soldats allemands sont venus m'arracher du lit et m'ont jeté dans la colonne des travailleurs. J'ai dû, en me traînant, me rendre au poste de travail. Je ne comprends pas comment je suis encore vivant.

Verhoeven (Dominique), né à Uytbergen, le 3 avril 1881; domicilié à Berlaere, Donck.

J'ai dû travailler à SAINT-QUENTIN et à VERDUN, à environ huit kilomètres du front. Je me trouvais en plein danger. J'ai été utilisé à des travaux militaires; je devais, notamment, creuser des tranchées, tendre des fils de fer barbelés, réfectionner les routes et les voies ferrées. Bien souvent, j'ai dû me coucher pour ne pas être tué. J'ai été maltraité; je recevais constamment des coups. J'ai souffert de la faim. Tous les malheureux déportés étaient mal logés, mal nourris et malmenés.

Dellaert (Pierre), né à Gand, le 23 octobre 1870; domicilié à Gand, 219, Groot Meerhem.

A MONTMÉDY, nous n'avions pas d'eau pour nous laver. Nous conservions nos chemises repoussantes de saleté. Toutes les sentinelles étaient munies d'un bâton et s'en servaient souvent. Les coups de crosse pleuvaient aussi.

Casteleyn (Camille), né à Hamme, le 12 octobre 1880; domicilié à Hamme, 43, rue du Chemin de fer.

A BILLY, j'ai dû travailler alors que je souffrais de la poitrine. J'ai été roué de coups de cravache, même en pleine figure. Des travaux militaires m'ont été imposés. J'ai dû creuser des tranchées, tendre des fils de fer barbelés, travailler aux routes et aux ponts, couper les arbres dans les bois. Il m'est arrivé de dire au sous-officier d'agir d'une façon plus humaine; ma prière était accueillie par des coups de cravache et par cette exclamation : « Billy, Billy, vous vous souviendrez de Billy; il y en a déjà beaucoup au cimetière, mais il y a encore de la place pour beaucoup d'autres. »

De Keyzer (Frédéric), né à Hamme, le 1er mai 1880; domicilié à Hamme, 20, Biezenstraat.

A BILLY, j'ai dû travailler alors que je souffrais d'une violente dysenterie. Trop malade, j'ai refusé de travailler, ce qui m'a valu d'être roué de coups. J'ai été traité de façon inhumaine. A Billy, tout le monde frappait : officiers, sous-officiers, soldats et même le médecin ; celui-ci, pourtant, n'ignorait pas que je souffrais d'une double hernie.

Piens (Jules), né à Eecke, le 4 octobre 1878 ; domicilié à Eecke, 29, rue de l'Eglise.

Nous étions maltraités. J'ai reçu, notamment, un formidable coup de pied dans les reins, qui m'a étendu par terre à peu près évanoui. A l'hôpital, on me répétait souvent « que les Belges étaient des bêtes, parce qu'ils n'avaient pas laissé passer les Allemands. »

Ackerman (Léopold), né à Mont-Saint-Amand, le 22 juillet 1890 ; domicilié à Mont-Saint-Amand, 38, Antwerpsche voetweg.

A Romagne, j'ai été employé à abattre des arbres dans les bois ; nous devions charger des troncs sur des wagonnets. Le premier jour, deux hommes ont été tués en ma présence ; ils devaient manier des arbres de 1 m. 80 de diamètre. Un pareil travail était au-dessus de la force d'hommes anémiés par la faim. J'ai ensuite été utilisé à la construction d'un chemin de fer se dirigeant vers le front et à l'établissement de tranchées en zig-zag établies autour de Romagne. Comme tous mes camarades, j'étais affaibli par une nourriture insuffisante et mon travail s'en ressentait ; aussi ai-je reçu de violents coups de pied dans le dos. J'ai vu de mes yeux des soldats lançant des coups de cravache à de malheureux civils. Pendant la distribution de la soupe, un civil, notamment, reçut un coup de louche en pleine figure, parce qu'il réclamait, avec raison, une ration complète alors qu'on ne lui en servait qu'une demie.

A Dun, près de Stenay, j'ai dû décharger des bateaux de cailloux destinés au front. Complètement affaibli, j'ai dû un jour cesser le travail et j'ai déclaré au poste allemand que je préférais mourir que de continuer un pareil esclavage. Le lendemain, on m'a constaté atteint de dysenterie et j'ai été dirigé sur l'hôpital de Stenay.

Minne (Henri), né à Gand, le 2 décembre 1878; domicilié à Gand, 24, Groenstraat.

A Stenay, j'ai été occupé au dragage de la Meuse. Un jour, vers huit heures du matin, par un froid intense, je suis tombé à l'eau. Mouillé jusqu'aux os, j'ai dû continuer à travailler jusqu'à onze heures et demie; mes vêtements étaient raidis par le gel. Au lazaret d'Inor, les malades atteints de 38 ou 39° de fièvre devaient travailler. J'ai vu un malheureux malade forcé de creuser une tombe. Quand la besogne fut achevée, il est lui-même tombé dans la fosse; quand on voulut le retirer, il était mort.

Bral (Richard), né à Mont-Saint-Amand, le 12 décembre 1887; domicilié à Mont-Saint-Amand, 66, Verkortingstraat.

Au mois de février 1917, à Romagne-sous-Mont-faucon, je devais, avec d'autres civils, charger des autos. Ayant achevé le chargement de ma voiture, je vis qu'un de mes camarades était loin d'avoir achevé son travail. J'allai l'aider. Le soldat Willy, qui surveillait la besogne, croyant que je n'avais pas accompli ma tâche, puisque l'auto n'était pas chargée, me roua de coups de crosse qui m'étendirent par terre. Trois hommes durent me conduire à la baraque. Les animaux sont mieux traités que nous ne l'étions au front. Nous étions battus à propos de tout et de rien. C'était un véritable enfer. Des hommes tombaient de froid et d'inanition ; ils étaient relevés à coups de crosse et de pied. Le sous-officier OHLE avait la spécialité des mauvais traitements. La nourriture insuffisante et immangeable que l'on nous servait provoquait des diarrhées constantes qui vexaient ce sous-officier ; aussi celui-ci frappait-il chaque malade jusqu'à ce qu'il reprît le travail.

Colman (Aloïs), né à Wieze, le 22 juin 1899 ; domicilié à Wieze, Schooverstraat.

Vers la mi-décembre 1916, le camp de ROMAGNE, où je me trouvais, à été bombardé par les canons français. J'ai vu derrière notre baraque deux soldats allemands atteints d'éclats d'obus et tués sur le coup. Nous avons dû creuser des tranchées derrière les baraquements de Romagne.

Les animaux étaient mieux traités que nous. A BILLY, le sous-officier JANSSENS frappait les hommes à coups de cravache ; il mettait à ce jeu un malin plaisir. Bien souvent, le matin, il nous faisait sortir des baraques à coups de cravache ; nous devions, dans le froid et dans la pluie, manger notre maigre morceau de pain. Puis, toujours à coups de cravache, nous étions mis en rangs. J'ai vu un homme recevoir sur la tête un coup de crosse qui l'étendit par terre. Le lieutenant et le docteur frappaient. Un jour, je me suis présenté à la visite médicale, atteint d'un gonflement des membres inférieurs. Le médecin m'a chassé à coups de bâton.

Toujours à BILLY, j'ai vu un homme tué par les coups. A PILLON et à LOISON, j'ai été battu comme plâtre. Nous ne pouvions y accomplir nos devoirs religieux. A LOISON, j'ai pu assister une fois à la messe.

De Geyter (Raymond), né à Maeter, le 22 avril 1886; domicilié à Audenarde, 3, Doornijkstraat.

Vers le 15 décembre 1916, nous avons dû nous enfuir de GIBERCY, ce camp étant fréquemment atteint par les obus français. A DEMBLEY et à LISSY, j'étais constamment battu à coups de crosse, parce que, étant trop épuisé, je ne parvenais pas à accomplir la besogne que l'on exigeait de moi.

Dubois (Philippe).

Le quatrième jour après mon arrivée à MUNSTER, j'ai été envoyé, sans que l'on eût demandé mon avis, à MERKLINDEN, près de Bochum. Il existait là un grand chantier de construction. Nous étions logés sans feu dans des maisonnettes construites pour les mineurs. Le matin, le lever sonnait à 5 heures et nous devions nous diriger vers le chantier, où nous arrivions vers 6 heures. Aussitôt, il fallait se mettre au travail. Celui-ci consistait en une besogne de terrassier. Nous étions plongés dans l'eau jusqu'aux genoux. A 9 heures, on nous remettait environ 100 grammes de pain et le travail continuait jusqu'à midi. Nous nous dirigions alors vers un baraquement construit sur le chantier même et où l'on nous donnait une demi-gamelle de soupe aux rutabagas et aux betteraves. Le repas de midi variait entre 1 heure et 1 heure et demie; on se remettait alors au travail jusqu'à 4 heures, puis un repos d'un quart d'heure était accordé, au cours duquel on nous distribuait une nouvelle ration de 100 grammes de pain. Le travail reprenait jusqu'à 8 heures ou 9 heures du soir, alors que les ouvriers allemands terminaient à 7 heures.

Il arrivait aussi que la soupe nous était distribuée à la fin de la journée, mais, très souvent, le contremaître allemand déclarait que nous n'avions pas suffisamment travaillé et, en conséquence, nous étions privés de nourriture. Les deux contremaîtres allemands étaient porteurs de matraques dont ils se servaient constamment. Ainsi, un jour, souffrant de la gorge, je demandai au contremaître de m'autoriser à aller voir le médecin. Je fus battu comme plâtre. Après ces brutalités, le contremaître me demanda narquoisement si j'étais guéri.

Merklinden était un véritable enfer. Mon jeune frère, qui se trouvait à mes côtés, pleurait constamment; sa souffrance m'était plus pénible encore que la mienne. Jamais nous ne pouvions accomplir nos devoirs religieux; le dimanche était jour de travail comme les autres. Si nous négligions, le dimanche, d'aller au chantier, des soldats venaient nous chercher dans nos baraquements et nous plaçaient dans la cour, les mains en l'air, par un froid intense. Nous pensions que ces traitements inhumains étaient interdits et constituaient des excès de la part du personnel subalterne. Nous fûmes nous plaindre au patron, Monsieur NAUMANN, mais celui-ci nous déclara qu'il devait en être ainsi et que nous devions mourir à la tâche.

Vers le 10 mars, tous les Belges se trouvant à Merklinden se concertèrent et, d'un commun accord, refu-

sèrent le travail. A partir de ce moment, aucune nourriture ne nous fut plus accordée. Pendant sept jours
nous vécûmes de pelures de pommes de terre et d'un
rare morceau de pain que nous allions mendier aux
enfants sortant de l'école. Le septième jour, des soldats vinrent nous prendre et nous conduisirent à
Münster. Là, nous restâmes inactifs jusqu'au 30 mars.
Alors, affaibli, mourant de faim, je consentis à travailler, mais sans contrat.

Je fus conduit à STERKRADE, dans une usine où se
fabriquaient des munitions et où s'exécutaient des
travaux en bois, en fer, etc. Pour ma part, voyant des
prisonniers français et russes dans un atelier de bois,
je dis aux Allemands que j'étais menuisier et on m'em-
ploya à la confection de caisses.

Le 30 juillet, nous avons cessé le travail, parce qu'il
nous avait été promis que nous aurions été libérés
à cette date. Nous restâmes inactifs jusqu'au 9 août.
A cette date, un officier de Münster vint nous engager
à continuer le travail, en disant que nous serions
complètement libérés le 12 décembre et que nous
pourrions, sur le champ, bénéficier d'un congé de
quinze jours. Abattu moralement et physiquement,
je feignis d'accepter cette proposition ; je ne voulus
toutefois signer aucun contrat et je me réservai de me
cacher à Bruxelles, afin d'éviter une nouvelle déportation.

A Sterkrade, pas plus qu'à Merklinden, nous ne
pouvions accomplir nos devoirs religieux. Le dimanche,
nous devions travailler de 6 à 13 heures.

Les Allemands nous disaient que nous gagnions
5 marks par jour, mais au bout de la semaine, il ne

nous restait que quelques pfennigs. Le bon que je vous confie établit que, pendant la semaine à laquelle il se rapporte, je n'avais, en fin de compte, rien gagné.

No 31.

Name : Dubois, Philippe.

56 ½ Stunden	à 0,50 M.	. . .
Tage	à	. . .
		28,25

Abzüge		
Schuppen	6,40	
Kranken-Beitrag	1,40	
Inv. u. Alt. Vers.	0,50	
Zusche	1,25	
Küche	13,50	
Reisekosten	4,90	27,95
	S. M.	0,30

Betrag sofort nachzählen

ATROPS & NAUMANN, A. M. B. H.
Eisenbahnbau und Tiefbaugeschäft, DUSSELDORF.

Van Muylder (Charles), domicilié chaussée de Mons, 579, et **De Munter** (Jean-Baptiste), chaussée de Mons, 425, à Cureghem (Bruxelles).

Le 24 janvier 1917, nous avons été envoyés au camp de MUNSTER et de là, dirigés sur l'usine « Phœnix », à HODE. Nous avons été utilisés là jusqu'au 3 juin, date à laquelle nous avons pu rentrer dans nos foyers. Au moment de notre transfert à Hode, on nous avait promis qu'après quatre mois de travail, nous serions complètement libérés. Cependant, le 3 juin, on nous déclara que la libération ne serait accordée que si nous nous engagions à travailler volontairement pendant quatre nouveaux mois. Un nouvel engagement entraînait l'octroi d'un congé de 15 jours. Nous avons accepté cet engagement avec la ferme intention de ne plus revenir en Allemagne, puisque les promesses formelles que l'on nous avait faites avaient été transgressées. Nous gagnions 7 marks par jour, mais lors du règlement, à la fin du mois, il nous restait à peine 20 marks. La nourriture était absolument insuffisante et des contributions importantes étaient constamment déduites du salaire.

Faucon (Jules-Antoine), né à Schaerbeek, le 7 septembre 1899; domicilié à Bruxelles, rue du Carrousel, 19.

Spinoy (Henri), né à Bruxelles, le 9 février 1899; domicilié à Bruxelles, 2, rue de la Senne.

Le 24 janvier 1917, nous avons été embarqués à Bruxelles-Midi, dans un train chauffé au départ; à Louvain, toutefois, le chauffage était interrompu. A Landen, il nous a été servi une portion de choucroute. A Aix-la-Chapelle et dans une localité un peu plus éloignée, mais que nous ne pouvons désigner, on nous a servi une soupe immangeable, dans laquelle nous avons constaté la présence de tranches de betteraves. Après un voyage de trente-six heures, nous sommes arrivés au camp de MUNSTER. On nous obligea à nous coucher sur des paillasses fabriquées au moyen de déchets de papiers et de chiffons, remplis de vermine.

Notre nourriture au camp consistait : le matin, en un pain de 2 kilog. 500 pour dix personnes; à 8

heures et demie, en une mixture s'appelant thé; à
13 heures, en une soupe aux poisson, aux choux-raves
ou aux betteraves, et à 4 heures, on nous servait
également une boisson que les Allemands appelaient
thé. Une fois, il nous a été servi un plat de céréaline.
La quantité de soupe était d'environ un demi litre.
Nous sommes restés environ huit jours à Münster, où
nous avons subi la visite médicale.

Le lieutenant HEPING est venu nous solliciter, à
plusieurs reprises, pour que nous signions un contrat
de travail; jamais aucune réponse n'a été réservée
à cette proposition. Huit jours après notre arrivée,
le camp a été divisé en groupes. Celui dans lequel
nous nous trouvions a été dirigé vers PORTA. Comme
nous refusions de travailler, nous avons dû nous placer
en file indienne, à 50 cm. l'un de l'autre, debout dans
la neige. Il nous était formellement interdit de
bouger, d'accomplir nos besoins, de mettre les mains
en poche ou de les couvrir de gants. *Pendant trois
jours*, nous avons dû rester dans cette position, *de
9 heures à 12 heures et de 14 à 17 heures*. Nos paillasses
et nos couvertures nous avaient été enlevées et, par
ce froid rigoureux, nous devions dormir avec nos
vêtements comme seule couverture. On nous dispensait tous les jours, une demi-ration de tiges de
choux moulues qui répandaient une odeur nauséabonde.

Ces traitements inhumains nous ayant mis à bout,
trente d'entre nous ont accepté de travailler, mais
sans signer aucun contrat, dans une fabrique « Akt.
Ges. Porta-Cimentwerke », à PORTA. Quarante Anglais y
travaillaient déjà. Le directeur, Mayer, était un homme

brutal; sans rime ni raison, il frappait les déportés. Le travail était rude; il consistait à déblayer la neige et la glace, à charrier des pierres. Toujours cette besogne s'accomplissait à ciel ouvert. La plupart du temps, nous étions trempés jusqu'aux os et dans l'impossibilité de nous changer.

Porta était éloigné de toute église; il nous était donc impossible d'accomplir nos devoirs religieux Nous sommes restés un mois sans avoir jamais vu un prêtre.

Ne pouvant plus endurer les traitements qui nous étaient infligés, nous avons, après un mois, refusé tout travail. Nous avons alors été renvoyés au camp de Münster, où nous sommes restés pendant quatre jours. Nous avons ensuite été dirigés sur OBERHAUSEN (près de Düsseldorf), où l'on nous a employés dans une usine de béton armé.

A Oberhausen, nous n'avons pas été battus, mais la nourriture était, comme partout, insuffisante et immangeable. Celle-ci consistait en 250 grammes de pain par jour; trois quarts de litre de soupe aux choux-raves ou aux betteraves le midi; le soir, à 7 heures, une soupe aux féveroles.

Dooremont (Remi), né à Erembodegem, le 1ᵉʳ mars 1899; domicilié à Haeltert, Eikend.

Je suis arrivé à ROMAGNE vers le 1ᵉʳ décembre 1916. Les Allemands nous logèrent dans des baraquements en zinc dont les cloisons présentaient partout de larges ouvertures. Nous sommes restés pendant cinq jours sans feu. Un poêle fut enfin placé dans la baraque, mais nous n'en sentions guère l'effet, la chaleur s'é-

9

chappant par les ouvertures qui existaient dans les cloisons. Aucune paillasse ne nous avait été remise, de telle sorte que nous devions dormir tout habillés.

Les Allemands nous forcèrent à travailler dans la neige et dans la pluie battante; nous rentrions le soir complètement trempés. Nous étions traités avec brutalité. Si un ordre n'était pas assez rapidement exécuté, nous étions bousculés et frappés. Nous ne remarquions guère de différence entre le dimanche et les jours de la semaine; jamais nous ne pouvions assister à des exercices religieux. A CHATILLON, en sept semaines, j'ai pu une seule fois assister à la messe.

Au mois de décembre 1916, les obus français tombaient sur le camp de Romagne; je travaillais dans le bois et je voyais les obus éclater en l'air. Notre nourriture était absolument insuffisante. Nous avions dans ce camp une vie d'enfer.

Van Nuffel (Joseph), né à Alost, le 7 septembre 1899; domicilié à Alost, 3, rue du Nord.

Je travaillais à ROMAGNE-SOUS-MONFAUCON. J'ai vu fréquemment des prisonniers arriver à ce camp pour accomplir leurs devoirs religieux. Ils déclaraient qu'ils se trouvaient à SEPTSANGES, où ils devaient conduire des munitions dans les tranchées allemandes. Le camp de Romagne se trouvait exposé au feu des canons français. Souvent les obus passaient en sifflant au-dessus de nos baraquements. Le sous-officier OHLE se conduisait à l'égard des déportés comme une véritable brute. Il frappait à tort et à travers; il m'a, notamment, donné dans la poitrine un coup de poing qui m'a étendu par terre.

Au sud de Romagne, des ouvrages en fil de fer avaient été édifiés. Ce travail avait été accompli par des soldats allemands; toutefois, quarante des nôtres ont dû creuser des tranchées profondes d'environ 3 m. 50, au fond desquelles courait un gros cable électrique. Ces tranchées étaient alors comblées sur une hauteur de 1 m. 50. Les terres enlevées formant parapet étaient rejetées vers le côté sud.

Scheerlinck (Alexandre), né à Bruxelles, le 24 avril 1898; domicilié à Anderlecht, 16, rue de la Rosée.

J'ai été dirigé vers les exploitations minières de FINKENHEERD. J'étais insuffisamment nourri et constamment battu. Les Allemands nous payaient 4,50 marks par jour, dont 2 étaient défalqués pour le logement. Les 2,50 marks qui me restaient devaient servir à l'achat de ma nourriture.

Avec seize de mes compagnons, je me suis sauvé de Finkenheerd et je me suis rendu à Alten-Grabow. Parce que nous ne voulions pas signer un contrat de travail, les Allemands nous ont laissés *pendant neuf jours sans pain*. Je ne recevais que la soupe du midi et du soir; un grand nombre d'autres Belges se trouvaient dans ce cas.

Les Allemands agissaient toujours ainsi, lorsqu'une usine voulait provoquer le retour des travailleurs dont elle avait besoin. Ils usaient aussi de la faim pour amener les civils belges à signer un contrat de travail. En fin de compte, la volonté devait céder et beaucoup signaient pour ne pas mourir d'inanition. J'ai été fréquemment battu par le contremaître de Finkenheerd: je porte encore à la tête la cicatrice d'une blessure profonde causée par un coup de bâton, et à la cheville gauche, on peut remarquer la trace sanglante d'un coup de pied. Les mauvais traitements étaient d'ailleurs habituels. Nous ne pouvions accomplir nos devoirs religieux, et le dimanche ne différait en rien des jours de la semaine.

Quinet (Georges), né à Bruxelles, le 9 novembre 1896; domicilié à Laeken, 209, avenue de la Reine.

La déclaration que je pourrais faire serait celle de tous les civils belges déportés en Allemagne. J'affirme toutefois que le 6 août 1917, alors que j'étais à ALTEN-GRABOW, trente-cinq hommes se trouvaient déjà *depuis vingt jours sans pain*. On voulait obtenir d'eux la signature d'un contrat de travail et on leur accordait seulement la soupe du midi et du soir.

Tandis que je me trouvais aux fours à coke de DUBEN, je devais travailler le dimanche comme en semaine, et jamais je n'ai été autorisé à accomplir mes devoirs religieux. Jamais un prêtre ne venait nous voir.

De Haeck (Gaston), né à Nederbrakel, le 1er mars 1899; domicilié à Nederbrakel, 36, Statiestraat.

A BILLY, nous étions battus comme des bêtes de somme. Lorsque nous allions nous plaindre au lieutenant, celui-ci déclarait qu'il devait en être ainsi et que nous n'étions pas encore assez battus. C'est lui d'ailleurs qui donnait des instructions dans ce sens.

Nous étions couchés sur des fils de fer sans matelas. La vermine grouillait dans le bois des baraquements, à tel point qu'il nous était impossible de dormir. Nos nuits, au surplus, étaient très courtes, puisque vers 2 heures et demie du matin déjà, on nous réveillait pour nous donner le breuvage que l'on appelait café; avec celui-ci nous recevions un morceau de pain.

Lorsqu'un homme avait cherché à s'enfuir et qu'il était repris, il était étendu sur un bloc de bois et maintenu par des soldats. En présence de l'officier, le malheureux était roué de coups jusqu'à l'évanouissement.

A GIBERCY, nous étions exposés au feu des Français. Les obus éclataient fréquemment à vingt mètres de nos baraques. On nous menait au travail si près du front que nous voyions éclater les obus de toutes parts. Le danger était si grand qu'un jour, un sous-officier n'appartenant pas à notre compagnie, donna ordre à notre poste de reculer. La vie dans le camp était impossible; celui qui ne recevait pas de nourriture de chez lui, devait mourir d'inanition. J'ai vu un homme payer 20 marks pour la ration d'un soldat. J'ai vu aussi des déportés tellement maltraités qu'ils mouraient le lendemain.

Van de Winckel (Théophile), né à Denderwindeke, le 7 octobre 1894; domicilié à Denderwindeke, Meersch-voorde.

A SAINT-LAURENT, j'ai beaucoup souffert de la faim et du froid. Je devais travailler dans une clairière par les froids les plus rigoureux comme par les pluies les plus violentes. Lorsque nous étions complètement trempés, les Allemands nous renvoyaient dans nos baraquements; nous n'avions pas de linge pour nous changer.

J'ai été battu à deux reprises: la première fois,

parce que, souffrant de diarrhée, j'étais sorti sans permission de la baraque; la deuxième fois, parce que je n'ouvrais pas une automobile de la manière indiquée par le sergent.

Van Damme (Émile), né à Grammont, le 19 janvier 1878; domicilié à Loochristy.

A VILLEFRANCHE, nous vivions dans un enfer. Nous étions gardés par de jeunes soldats invalides; tous portaient un bâton indépendamment de leur fusil. A tout moment, nous étions battus. La vie était insupportable et il n'est pas possible de décrire toutes les souffrances que j'ai endurées. J'ai vu deux hommes de Landeghem arriver au camp; ils étaient forts comme des chênes. Quand j'ai quitté la France, ce n'étaient plus que des squelettes.

La nourriture que l'on nous dispensait était infecte au point que nous avons demandé au lieutenant de ne plus mettre de la viande dans notre soupe; à maintes reprises, nous avions constaté que l'on nous destinait la tête et le foie des chevaux en putréfaction. Nous étions maltraités, battus, insultés. Les expressions les plus communes que l'on nous lançait étaient : « Cochons », « Race maudite », etc.

De Pauw (Ernest), né à Wetteren, le 6 novembre 1876; domicilié à Wetteren, 41, Kapellestraat.

A ROMAGNE, nous avons été traités comme des chiens. Nous devions travailler par les froids les plus rigoureux et par les pluies les plus violentes. Certains civils tombaient de froid et d'inanition sur les chantiers. Les soldats du poste les renvoyaient alors dans les baraquements d'où le sous-officier les chassait brutalement, les accusant d'être des simulateurs.

A VILLERS, un malheureux civil qui s'était présenté à la visite médicale et que le docteur n'avait pas jugé suffisamment malade, a été enfermé pendant quarante-huit heures dans un cachot. Le lendemain de sa sortie du cachot, cet homme mourut.

A DANVILLERS, un certain Verdonck, de ma commune, était devenu un véritable squelette; il ne pouvait plus se tenir debout et, maintes fois, j'ai dû le conduire du chantier au baraquement. Un jour, tandis qu'il ne pouvait plus se traîner, un soldat lui a administré un coup de pied qui l'a jeté dans un fossé rempli de neige. Le lendemain, mon malheureux camarade était mort; j'ai moi-même aidé à l'enterrer. Ce déporté est mort sans secours religieux. Je le répète, nous vivions en France dans un véritable enfer; malade ou non, il fallait travailler.

Lammens (Alphonse), né à Wetteren, le 21 décembre 1880; domicilié à Wetteren, 6, Hoenderstraat.

Je me trouvais à AZANNES. Nous avons dû fuir parce que le camp était bombardé par les canons français.

Hollebosch (Edmond), né à Selzaete, le 20 janvier 1892; domicilié à Ertvelde, Weg ter Winne.

J'ai été enlevé par les Allemands, alors que je n'étais pas chômeur. A BELVAL, la vie était intenable. J'ai voulu m'enfuir, mais j'ai été arrêté à proximité de la frontière belge. J'ai été conduit à DUN, où plusieurs soldats m'ont entouré et, tout en jouant, m'ont arraché mes vêtements et m'ont labouré le corps de coups de pied. Lorsque je me trouvai nu, ils m'ont accablé de coups de bâton, au point que je leur ai demandé comme une grâce d'être tué. Après ces traitements inhumains, j'ai été enfermé dans un cachot où je suis resté pendant *trois jours sans manger!*

Meulebrouck (Oscar), né à Courtrai, le 3 octobre 1893; domicilié à Courtrai, 66, Recolettenstraat.

A DANVILLERS, j'étais constamment battu. Je souffrais d'une violente diarrhée et je tombais à chaque pas. Un jour que je me présentais à la visite médicale, les soldats du poste m'emportèrent et me jetèrent hors des rangs, tout en me rouant de coups. A LONGUYON, les soldats volaient dans nos objets ce qui pouvait leur être utile ou agréable.

Parmentier (Gentil), né à Ooteghem, le 18 octobie 1895; domicilié à Waereghem, 87, Kwadestraat.

A GIBERCY, nos baraquements étaient exposés au feu des Français; les obus éclataient autour de nous. De même, au travail, nous vivions au milieu d'une pluie d'obus.

D'Heer (Jean), né à Zele, le 10 décembie 1882; domicilié à Zele, Hanseveld

Je suis resté constamment à BILLY. Tous mes jours dans ce malheureux camp ont été passés dans la misère et dans la tristesse. Je n'ai jamais vu un lit ni une chaise. A deux reprises, j'ai pu assister à la messe et communier, mais lorsque je me trouvais à l'hôpital, j'ai pu voir que les soldats lançaient des pierres aux déportés qui manifestaient l'intention de s'approcher du prêtre.

Lorsqu'il restait un peu de soupe dans les récipients, tous les malheureux déportés se hâtaient vers la clôture en fil de fer et là, s'accrochant aux fils, ils sollicitaient la charité des soldats. Ceux-ci s'amusaient à leur jeter des seaux d'eau sur le corps et à leur lancer toutes sortes de détritus. Certains même s'amusaient à lancer des coups de louche dans le tas de ces malheureux affamés. Tous les soldats frappaient; les supérieurs d'ailleurs leur donnaient l'exemple. Lorsque le poste changeait et que des soldats compatissants remplaçaient les brutes, la mentalité de ces nouveaux se modifiait bien vite sous la pression exercée par leurs supérieurs. Il est impossible de détailler toutes les souffrances que j'ai endurées ou de narrer tous les mauvais traitements qui m'ont été infligés.

Pets (César), né à Termonde, le 3 septembre 1898; domicilié à Termonde, 34, Leendanestraat.

J'ai été envoyé à SAINT-GOBERT et à AULNOY. Dans ces deux camps, j'ai souffert de la faim et du froid. J'étais couché, comme tous mes camarades d'ailleurs, sur des planches recouvertes d'un peu de paille ou de copeaux. La vermine grouillait dans celles-ci à tel point qu'elle nous empêchait de dormir.

A SAINT-GOBERT, les soldats qui nous gardaient portaient des bâtons dont ils se servaient trop souvent. Pour ma part, j'ai été battu à deux reprises. J'ai dû travailler à la construction d'un chemin de fer; celui-ci, d'après les renseignements qui m'ont été donnés, se dirigeait vers Laon.

Vanden Bossche (Alphonse), né à Saint-Gilles-lez-Termonde, le 13 septembre 1898; domicilié à Saint-Gilles-lez-Termonde, 105, Boomwijk.

J'ai travaillé à Saint-Gobert et à Aulnoy, à la construction d'un chemin de fer. La vermine grouillait dans nos baraquements et nous empêchait de dormir. A Saint-Gobert, les soldats portaient des bâtons dont ils nous frappaient constamment. J'ai été très maltraité.

Mattheeuws (Émile). né à Eeghem, le 17 novembre 1898; domicilié à Oostcamp, 197, Erkegem

J'ai beaucoup souffert de la faim, du froid et des mauvais traitements. A Brieulles, Ligny, Cléry et Dun, les soldats frappaient. Ils nous traitaient comme on ne traite même pas les animaux. Bien souvent, n'ayant aux pieds que des sabots troués, nous devions travailler dans le bois et sur les routes, pataugeant dans une boue de 25 cm. d'épaisseur.

Borreman (Charles), né à Nederhasselt, le 10 décembre 1896; domicilié à Nederhasselt, 1, Potaerdestraat

A Romagne, nous étions exposés au feu des canons français. Dans ce camp, comme dans ceux de Chatillon et d'Arranzy, les Allemands exigeaient de nous un travail au-dessus de nos forces. Lorsque nous ne l'accomplissions pas, nous étions battus. Partout, la vermine grouillait; elle nous empêchait de dormir. Il ne nous était pas possible d'accomplir nos devoirs religieux; tous les deux ou trois mois, un prêtre venait au camp; alors seulement, nous pouvions assister à la messe. J'ai été enlevé alors que je n'étais pas chômeur. Jamais personne de ma famille n'a touché un centime d'un comité quelconque.

Bael (Amandus), né à Nederhasselt, le 12 janvier 1897; domicilié à Nederhasselt, Realstraat.

J'ai été pris par les Allemands alors que je n'étais pas chômeur. J'ai souffert de la faim et du froid et d'une saleté repoussante. Partout la vermine grouillait. Il nous était impossible d'accomplir nos devoirs religieux. Ainsi, du 2 décembre 1916, jour de mon enlèvement, jusqu'au 28 septembre 1917, jour de mon entrée à l'hôpital de LONGUYON, je n'ai pu assister que trois fois à la messe.

Roelandt (Jean-Baptiste), né à Anderlecht, le 4 janvier 1899; domicilié à Anderlecht, 81, rue d'Aumale.

Le 28 janvier 1917, j'ai été enlevé à Bruxelles-Midi. Nous sommes restés un mois à KLEIN-WITTENBERG. Les trois premiers jours, j'ai dû dormir par terre. On m'a donné ensuite un mince matelas de paille. Notre nourriture journalière consistait en 250 grammes de pain et, deux fois par jour, une soupe très claire dans laquelle nageaient des yeux de poissons. Vers la fin du mois de février, les Allemands ont rassemblé environ 200 hommes et, sans rien leur demander, les ont expédiés à PILLAU; j'étais de ce convoi.

A Pillau, nous devions décharger les bateaux, mais j'ai refusé de travailler. A la suite de ce refus, les Allemands m'ont, un jour, accablé de coups de crosse qui m'étendirent par terre. Je ne pouvais plus me bouger et j'ai été conduit à la baraque par deux de mes compagnons.

Bien que je fusse parfaitement intentionné de ne pas travailler pour l'ennemi, je dois cependant reconnaître que la faiblesse entraînée par une nourriture absolument insuffisante ne permettait pas aux déportés d'assurer un lourd travail. Nous recevions, à Pillau, 150 grammes de pain et une soupe composée exclusivement d'eau et de son. Mon refus persistant de travailler m'a fait renvoyer à HEILSBERG au bout de 15 jours. Là, je suis resté inactif pendant un mois et demi environ.

J'ai été envoyé alors près de MEMEL, où j'ai travaillé pendant quatre mois à la reconstruction d'un chemin de fer. Nos réclamations contre l'insuffisance de la nourriture étaient journalières. Nous recevions en tout et pour tout 500 grammes de pain et deux rations de soupe. N'obtenant pas satisfaction, j'ai, ainsi que tous mes camarades, cessé le travail. Les Allemands nous ont enfermés alors dans un cachot où il n'y avait même pas un lit. Dans ce cachot, très exigu, nous nous trouvions à trente, tellement entassés qu'il ne nous était pas possible de nous étendre tous par terre. pour dormir. Pendant cet emprisonnement, nous ne recevions que 500 grammes de pain par jour; la soupe ne nous était plus accordée que tous les quatre jours.

Au bout de trois semaines, mourant presque de faim, le poids du corps faisant plier nos jambes affaiblies, nous avons accepté de travailler. J'ai été envoyé à HEYDEKRUG, où j'ai été utilisé une fois de plus à la construction d'un chemin de fer.

Nous étions surveillés par des agents du chemin de fer qui nous battaient constamment. Après deux mois, j'ai été renvoyé à Heilsberg et de là en Belgique. Ma vie en Allemagne a été un long martyre. Je pensais bien ne plus revoir jamais la Belgique. Il nous est arrivé de tuer les chiens en rue et de manger leur viande encore palpitante.

De Keyzer (Joseph), né à Furnes, le 19 novembre 1883; domicilié à Saint-Gilles, 65, rue du Fort.

Le 10 mai 1916, les Allemands m'ont envoyé à Saint-Médard. J'ai été utilisé à toutes sortes de travaux : travaux de maçon, de scieur, de bûcheron, de manœuvre. Le travail était très dur et la nourriture absolument insuffisante. Nous recevions : le matin, 100 grammes de pain; le midi, un litre de soupe aux choux-raves et le soir une ration supplémentaire de 330 ou 600 grammes de pain, qui devait nous servir pendant douze jours. Nous couchions sur des matelas bourrés de fibres de bois dans lesquels la vermine grouillait. Elle se répandait également sur nos couvertures et dans nos vêtements.

Les soldats qui nous gardaient étaient brutaux et nous rouaient de coups de bâton ou de crosse, à la moindre infraction au règlement. Un jour, j'ai été tellement battu que je ne pouvais plus me bouger et que j'ai dû me faire conduire par mes camarades au baraquement. Je ne pense pas que l'on puisse imaginer de plus mauvais traitements que ceux qui nous ont été infligés.

Surdiacourt (Jules), né à Lessines, le 2 septembre 1894; domicilié à Lessines, 151, Fourbiésart.

Le 6 novembre 1916, nous avons été enlevés de Lessines et envoyés à Soltau, où nous sommes restés inactifs pendant trois semaines. Notre nourriture du camp consistait en 500 grammes de pain et un litre de soupe le midi et le soir.

Au bout de trois semaines, les Allemands m'ont envoyé à TESSENDORF, où des représentants de l'industrie allemande ont cherché à nous embaucher. Tous nous avons refusé de travailler pour l'ennemi. A la suite d'un troisième refus, ces représentants et les soldats qui nous gardaient, se sont mis à nous battre. Ils lançaient des coups de bâton au hasard dans le groupe des Lessinois. A la suite de ces faits, nous avons été conduits sur un chantier de terrassement. Les soldats qui nous gardaient nous rouaient de coups de crosse. Beaucoup de mes camarades sont morts à Tessendorf, tant par suite des mauvais traitements qui leur ont été infligés que par suite de la faim et du froid.

Au début de juillet 1917, on nous a rassemblés en nous disant que nous allions rentrer en Belgique. Nous sommes, en effet, arrivés à Liége où, tout heureux, nous avons écrit à nos familles. Hélas !... au lieu de rentrer à Lessines, nous avons été envoyés à MAUBEUGE. Les autorités locales nous ont dirigés sur DEMBLEY, où nos tortures ont recommencé : nous étions couverts de vermine, insuffisamment nourris et astreints à un travail au-dessus de nos forces.

Verriest (Achille) né à Avelghem, le 23 janvier 1897; domicilié à Avelghem, 5, Raeptoıfstraat.

A ETRAYE, j'ai reçu un éclat d'obus dans l'épaule gauche, tandis que je travaillais à la réfection d'une route. Trois de mes camarades ont été grièvement blessés.

De Bruycker (Camille), né à Eecloo, le 21 juillet 1891; domicilié à Eecloo, 74, Raverschootstraat.

Les Allemands m'ont employé dans le lazaret. J'ai dû enterrer des soldats morts depuis de longs jours déjà. Ils étaient complètement nus ou simplement enveloppés dans un morceau de papier. J'ai également dû vider les fosses à purin du lazaret et je suis tombé malade par suite des émanations putrides que je respirais constamment.

Bruynsteen (Ernest), né à Heusden, le 8 janvier 1896; domicilié à Heusden, Klaver.

J'ai dû travailler à LIGNY, à proximité du front; j'étais constamment exposé aux obus. Mon bras droit est paralysé, ce qui limite singulièrement ma capacité de travail. Par ce fait, j'ai été frappé plus encore que les autres. J'ai dû enterrer des soldats morts; nous jetions leurs corps nus, pêle-mêle, dans une fosse commune.

De Clercq (Pierre), né à Mont-Saint-Amand, en 1893; domicilié à Gand, 264, chaussée de Termonde.

A STENAY, j'ai été battu à tel point que j'avais le corps couvert d'ecchymoses. J'ai eu plusieurs dents brisées par des coups de crosse. J'ai dû enterrer des soldats morts, depuis plusieurs semaines déjà, car ils répandaient une odeur nauséabonde. Ces morts étaient nus; la plupart avaient des bras et des jambes arrachés ou amputés. Tous ces débris de corps gisaient pêle-mêle et étaient jetés dans une fosse commune. Les soldats nous battaient sans raison et nous traitaient avec une dureté inimaginable. Pour un motif futile, j'ai été enfermé pendant quatre jours dans un cachot, n'ayant pour toute nourriture qu'un seau d'eau.

Masselis (Auguste), né à Courtrai, le 10 juillet 1885; domicilié à Courtrai, 61, Voetweg, 79.

Nous étions constamment battus. Un jour, à Lissy, j'ai reçu de violents coups de crosse dans le dos et dans la nuque, parce que j'avais ramassé une pomme qu'une femme française m'avait jetée.

Spiessens (Petrus), né à Baesrode, le 27 juillet 1898; domicilié à Baesrode, 77, chaussée de Termonde.

Les Allemands m'ont forcé à creuser des tranchées à proximité de Saint-Quentin, Arras, Lille et Verdun. Je devais aussi ramasser des débris de shrapnells et d'obus. A différentes reprises, j'ai dû me sauver avec plusieurs de mes camarades parce que les obus pleuvaient autour de nous. Un de mes compagnons a été atteint par un éclat d'obus et a été tué. Nous étions roués de coups et insuffisamment nourris; beaucoup de mes camarades sont morts d'inanition.

Van Hoyweghen (Guillaume), né à Laeken, le 24 septembre 1889; domicilié à Laeken, 143, rue de Molenbeek.

Copie textuelle de la Déclaration écrite du Rapatrié Van Hoyweghen :

Nous étions le 23 janvier 1917, quand les chômeurs de Bruxelles ont été convoqués et, après, envoyés en Allemagne. Je n'étais pas chômeur, mais, malgré cela, ils m'ont pris tout de même. La convocation était conçue comme suit : « Vous êtes tenu à vous présenter à la gare du Midi, à 6 heures du matin, muni d'une bonne paire de chaussures, d'un couvert et des vêtements les plus nécessaires. Ceux qui veulent se présenter et signer un contrat de deux ou quatre mois ne devront pas venir à la gare du Midi et auront tout avantage. » J'étais donc arrivé comme tous les autres jeunes gens, voyant là des mères, pères, femmes et enfants pleurant tous un membre de la famille. On nous passe la visite de nos papiers et après en route dans le fourgon à bestiaux. A 10 heures et demie, le train se mettait en route pour Liége où nous arrivons à 11 heures du soir et où nous sommes restés jusqu'au lendemain. La nuit, le chauffage était coupé ; lorsque nous regardions sur les vitres, il y avait trois doigts de glace. Nous avons eu, pour faire 60 heures de train, quatre fois à manger.

Arrivés à destination, donc à KLEIN-WITTENBERG, on nous a laissés là pendant une heure et demie dans la neige, jusque passé les genoux. Alors, on nous a donné un matelas de la largeur d'un mètre pour cinq hommes et avec un peu de fibres de bois dedans, ainsi qu'une couverture et une gamelle. Dormir avec deux cents hommes malades, dans une baraque de 30 mètres de longueur sur 10 mètres de largeur, vous pouvez vous faire une idée de ce que cela pouvait être. A 6 heures du matin, on nous apportait notre café, car c'était comme de l'eau qui semblait être du café. Alors à 9 heures, on nous donnait un pain de un kilog et demi pour sept hommes. A midi de la soupe aux betteraves et le soir la même soupe. Un pain, lorsqu'on savait en avoir, se payait jusqu'à 40 marks.

10

Des jeunes gens d'Anvers ,qui étaient au camp déjà un mois avant nous, voulaient nous vendre leurs costumes 10 marks pour acheter avec cet argent un morceau de pain.

Au début, nous les nouveaux, nous ne mangions pas encore avec goût cette soupe que nous donnions alors à nos collègues d'Anvers qui étaient devant la baraque comme des bêtes sauvages. Mais quinze jours après nous étions obligés de faire la même chose que tous les autres. Au bout de six semaines, les sentinelles sont venues nous chercher, nous frappant avec la crosse de leurs fusils pour aller travailler. On nous a menés alors à MUEKENBERG, dans une mine, avec vingt-quatre hommes : sept de Bruxelles et dix-sept de Binche. Malgré les tempêtes de neige et de gelée, car il gelait jusqu'à 30° en-dessous de zéro, on devait travailler, les pioches et les pelles remplies de glace. On nous levait à quatre heures et demie et à cinq heures, on nous donnait notre demi-litre de café pour partir travailler à cinq heures et quart et rester ainsi jusqu'à midi. Alors, à midi, on nous apportait un litre de soupe aux orties avec de la verdure de betteraves ou de choux-raves, des têtes de poissons et quelquefois des fèves.

Nous avions une heure pour dîner, ce qui se faisait en pleine neige. Le soir, à cinq heures et demie, nous pouvions nous mettre en route pour regagner notre baraque, où nous arrivions à six heures et demie pour recevoir, à six heures et demie, de nouveau de la soupe et à huit heures et demie du pain (125 grammes avec lesquels on devait rester jusqu'au lendemain soir.) Ainsi nous avons passé l'hiver : toujours le ventre creux, malades des coups que nous recevions, toujours transis de froid.

Quand l'été commença, quarante-huit Belges sont encore venus nous rejoindre, donc nous étions à septante-trois. Par la chaleur, les forces commençaient à nous manquer et nous tombions faibles les uns après les autres. Puis, en huit jours de temps, la vermine nous rongea. Je vais me permettre de vous dire quelle vermine : des puces et des poux gros comme des mouches; la nuit, nous ne savions pas dormir tellement nous devions nous gratter. Je gagnais 4 marks par jour et 8 marks le dimanche, ce qui faisait en tout 32 marks par semaine et, sur quatre mois, j'ai touché 30 marks. Sortir du camp, on ne pouvait pas.

Il y avait un garçon des Flandres qui était malade et à qui les Allemands ont refusé d'aller chez le médecin. Le lendemain, quand la sentinelle venait nous chercher pour aller travailler, le garçon ne se levait plus; alors le soldat lui a donné des coups avec son fusil, mais il n'y avait plus rien à faire : il était mort.

Dans notre baraque, il y avait deux morts et treize tuberculeux sur septante-trois hommes. Malgré qu'alors on ne pouvait plus se tenir sur nos jambes et que l'on tombait l'un contre l'autre de faiblesse, on venait quand même nous chercher pour aller travailler. Si l'on ne savait pas travailler, on nous battait avec de gros bâtons. Les jours que je ne recevais pas une raclée étaient bien rares.

Alors, forcé par la misère, j'ai pris la franchise de passer les fils de fer barbelés. Alors j'ai marché pendant deux jours et trois nuits pour arriver de nouveau à KLEIN-WITTENBERG, où j'ai été pris par un gendarme

J'ai été mis alors pour trois semaines à la prison, d'où l'on m'a transporté au camp d'ALTEN-GRABOW, où je suis resté quinze jours. Puis on a fait un transport de neuf cent cinquante hommes et on nous a dit : « Si vous ne voulez pas signer un contrat, vous allez être transportés à Maubeuge pour aller faire des tranchées. » Alors j'ai dit au boche qui me disait cela qu'il pouvait faire de moi ce qu'il voulait, mais que je ne signerais pas de contrat.

Les Allemands donnaient à ceux qui voulaient signer des casquettes remplies de gaufres moisies, et tout cela provenait des caissettes qu'ils avaient retenues aux civils belges. Par là, ils ont pu attraper une vingtaine d'hommes de notre baraque, qui mouraient de faim. Alors les autres et moi nous avons été renvoyés en Belgique. Mais dans le camp de KLEIN-WITTENBERG, il y en a quatre cent cinquante qui ont été enterrés sur trois mois de temps. Et, si comme j'ai entendu dire que, des deux Flandres, il y avait en Allemagne 82.000 hommes qui avaient été pris, il y en a 3.000 qui sont morts.

Van Ophem (Félix), né à Molenbeek-Saint-Jean, le 27 juin 1895; domicilié à Anderlecht, 80, rue du Serment.

Je confirme en tous points la déclaration du rapatrié Van Hoyweghen, en tant qu'elle se rapporte au voyage de Bruxelles à Klein-Wittenberg et à mon séjour dans ce camp.

Je suis resté à Klein-Wittenberg pendant deux mois environ, puis j'ai été envoyé à HEILSBERG et de là à PILLAU, au bord de la mer Baltique. Nous devions décharger de grands bateaux armés de canons, de mitrailleuses et chargés d'avoine. Je ne pouvais assurer ce lourd travail de débardeur et, malgré les coups dont les soldats m'accablaient, je me suis laissé tomber refusant un travail au-dessus de mes forces.

Notre nourriture était absolument insuffisante : le matin, vers six heures, nous recevions 50 grammes de pain et un demi-litre de soupe; à huit heures, 50 grammes de pain et un breuvage noirâtre appelé café; le midi, un litre de soupe aux rutabagas; à quatre heures, 50 grammes de pain et du café. Nous dormions dans les casemates très humides d'un fort.

A la suite de mon refus persistant de travailler, j'ai été envoyé près de MEMEL, où se construisait un chemin de fer. A Memel, nous recevions 600 grammes de pain et de la soupe immangeable. Nous étions couverts de vermine et constamment battus. Les soldats braquaient sur nous le canon de leur revolver.

Ne pouvant supporter de pareils traitements, nous avons, une fois de plus, abandonné le travail. Les Allemands nous enfermèrent alors dans une tour; nous étions réunis à vingt-trois dans une petite pièce, où nous étions rongés de vermine. Nous étions obligés de satisfaire nos besoins dans les tonneaux qui se trouvaient dans la salle elle-même et qui répandaient une odeur nauséabonde. Nous devions dormir par terre sur une mince couche de paille, sans couverture. L'air n'entrait pas dans ce cachot rempli d'une atmosphère délétère. Par jour, nos gardes nous allouaient 600 grammes de pain et de l'eau. Tous les quatre jours, nous recevions, en outre, un litre de soupe.

Après avoir subi ces tortures pendant sept semaines, nous avons été envoyés à la prison de TILSIT. Dans

ma cellule se trouvaient encore quatre autres déportés. Comme nourriture, nous recevions : le matin,
entre cinq heures et cinq heures et demie, 200 grammes
de pain; le midi, un litre de soupe aux rutabagas et le
soir, un morceau de pain et une soupe immangeable
dans laquelle, toutefois, on ne constatait la présence
que d'une seule matière, de l'eau ! Après avoir
passé un mois à Tilsit, les Allemands m'ont envoyé
à HEILSBERG et de là en Belgique.

Verpoest (Joseph), né à Gand, le 27 févriei 1872;
domicilié à Gand, 6, Oudescheldestraat.

Il est impossible de décrire les souffrances que nous
avons endurées. Nous étions battus comme des bêtes
de somme. En hiver, nous devions aller travailler
dans le bois, distant de 10 kilomètres environ de la
baraque. La boue et la neige nous montaient jusqu'au-
dessus des chevilles, souvent nos sabots restaient
enfoncés dans la boue et nous devions alors avancer
nu-pieds.

A LISSY, j'ai constaté à maintes reprises que les
soldats volaient la nourriture qui nous était destinée.
A DUN, les Allemands nous assénaient de violents
coups de crosse, même en pleine figure. Il suffisait pour
cela que la rangée dans laquelle nous nous trouvions
ne fût pas, à leur gré, suffisamment droite. Nous vivions dans un véritable enfer.

Sauvage (Henri), né à Laeken, le 10 août 1878; domicilié à Gand, 198, rue du Persil.

A ROMAGNE, les soldats étaient tous munis de bâtons. Ils nous battaient et semblaient éprouver un

mauvais plaisir à nous frapper. A Dun, j'ai travaillé jusqu'au moment où je n'en pouvais plus. Notre existence dans le camp était épouvantable. Nous vivions dans une saleté repoussante; la vermine grouillait sur nous. Je porte encore la trace des morsures de poux. Les rats et les souris couraient dans les baraquements.

De Meulemeester (Remi), né à Eyne, le 8 octobre 1896; domicilié à Eyne, Marolle.

A Lissy, nous devions travailler à proximité du front. Trois de mes amis ont été atteints par des éclats d'obus et l'un d'eux a été tué. Nous étions traités comme des animaux. Même lorsque je souffrais d'une violente dysenterie, les soldats me frappaient et me refusaient l'autorisation d'aller trouver le médecin.

Nous souffrions d'une faim constante; beaucoup de civils mangeaient des rats et, journellement, nous faisions bouillir des limaçons que nous mangions pour calmer notre faim. C'était une vie infernale que nous menions; la nuit, nous étions rongés par la vermine; le jour, nous courions affamés et craignant à chaque instant d'être tués par un obus français. Les Allemands nous forçaient aussi à enterrer des soldats morts, que de grands chariots ramenaient du front.

Nous avons dû abandonner Lissy parce que trop d'aviateurs français venaient survoler nos baraquements. Beaucoup de mes compagnons sont morts, tant à la suite des mauvais traitements que du manque de nourriture et des obus. Tous frappaient : soldats et sous-officiers; ceux-ci d'ailleurs donnaient l'exemple.

Van Lancker (Jules), né à Eyne, le 8 septembre 1889;
domicilié à Eyne, 29, chaussée de Gand.

Lorsque j'étais à GIBERCY, les Allemands nous en-
voyaient travailler à MOIREY, à proximité du front.
Nous devions creuser des tranchées et tendre des fils
de fer barbelés. Les obus pleuvaient autour de nous,
et plusieurs de mes camarades ont été ou tués ou
blessés. Sous le feu des canons français, nous devions
travailler comme des esclaves. Constamment battus
et insuffisamment nourris, nous en étions venus à
manger des rats et à faire bouillir des orties et des
limaçons pour calmer notre faim.

A JAMETZ, les soldats nous traitaient comme des
bêtes de somme. Ainsi, nous devions à une dizaine.
notamment transporter de très grands arbres. Un
soldat se trouvait près de nous, muni d'une cravache
dont il frappait les hommes qui semblaient faiblir et
ceux qui, à son sens, ne travaillaient pas assez vite.

A DEMBLEY, un de mes camarades de Beveren-sur-
Lys tomba un jour au bord de la route. Le soldat
du poste l'a roué de coups de crosse. Arrivé au baraquement, mon malheureux compatriote mourut.

Devos (Léopold), né à Courtrai, le 15 avril 1884; domicilié à Lauwe, 29, rue de la Station.

A LISSY, j'ai souffert tous les maux. Nous mourions
de faim ! Nous couchions sur des treillis en fil de fer;
nous devions travailler par tous les temps; nous étions
battus comme des bêtes de somme. Il ne m'est pas
possible de détailler les traitements inhumains qui
m'ont été infligés, ainsi qu'à tous mes compagnons
d'infortune d'ailleurs.

De Vetter (Alfred), né à Astene, le 12 mai 1899; domicilié à Destelbergen, n° 1, Beireveldestraat

Nous avons dû quitter BRIEULLES parce que ce camp était trop exposé au feu des Français. Des obus tombaient dans le village et j'ai vu que plusieurs Allemands ont été tués. Dans tous les camps, nous avons souffert de la faim, du froid, de la saleté et des mauvais traitements.

Verdonck (Camille), né à Berlaere, le 26 février 1893; domicilié à Berlaere-Helde.

Près de SAINT-QUENTIN, j'ai été utilisé au creusement de tranchées et à la construction de massifs en béton armé pour le placement de canons lourds. Ce travail à proximité du front offrait de grands dangers. A CHATILLON, j'ai dû travailler à la réfection des routes et à l'établissement d'un chemin de fer à voie étroite. J'ai dû subir des mauvais traitements : les soldats me frappaient à coups de crosse et de bâton.

Van Humbeek (Jean-Baptiste), né à Opdorp, le 12 janvier 1885; domicilié à Opdorp, 26, Veekenstraat.

A proximité de LENS et de VERDUN, j'ai dû creuser des tranchées et tendre des fils de fer barbelés. A HARNES, je me trouvais entouré d'une pluie d'obus et, au milieu de la nuit, j'ai dû me sauver avec plusieurs de mes camarades pour échapper à une mort certaine. Les soldats allemands, en s'enfuyant, avaient emporté les victuailles. Le lendemain, ce furent les déportés belges qui furent accusés d'avoir volé la nourriture; ils ne reçurent plus à manger pendant plusieurs jours.

Delmotte (Jules), né à Lessines, le 2 novembre 1895; domicilié à Lessines, rue de Mons à Gand.

A TESSENDORF, j'ai été roué de coups à tel point que j'en ai gardé une faiblesse des reins. A PIERRE-PONT, où j'avais été transféré, les Allemands me défendaient, ainsi qu'à tous mes compagnons d'ailleurs, de parler des souffrances que j'avais endurées en Allemagne. J'ai dû, en France, travailler à la construction de dépôts de munitions. J'ai souffert tant des mauvais traitements que de la faim et de la saleté.

Ghijselinck (René), né à Audenarde, le 1er octobre 1898; domicilié à Beveren-lez-Audenarde, 9, Koestraat.

A VILLERS, je souffrais de furonculose et je me trouvais dans l'impossibilité de travailler. Néanmoins, les Allemands exigeaient que je travaillasse et me rouaient de coups de crosse et de bâton.

Temmerman (Pierre), né à Lede, le 21 janvier 1874; domicilié à Lede, 18, rue de Charleroy.

J'ai dû m'enfuir du camp de ROMAGNE pendant la nuit, pour échapper aux obus français qui pleuvaient sur ce camp. Je me suis tapi dans un fossé où je suis resté toute la nuit; j'ai contracté là des rhumatismes dont je souffre encore.

Willocq (Philippe), né à Lessines, le 21 mars 1895; domicilié à Lessines, 251 bis, route de Ghislenghien.

A TESSENDORF, nous étions maltraités. Un jour, par un froid de 20° sous zéro, je suis tombé à l'eau. Les Allemands m'ont roué de coups et m'ont obligé à travailler couvert de vêtements humides qui me

collaient au corps. J'ai conservé de ces mauvais traitements des rhumatismes et de l'œdème des membres
inférieurs.

Geirnaert (Léopold), né à Gand, le 14 janvier 1884;
domicilié à Gand, 187, rue des Prêtres.

Les Allemands m'ont fait travailler successivement
à BRIEULLES, ROMAGNE et DUN. Dans ces deux derniers camps, les civils étaient traités comme des animaux. Les soldats nous frappaient constamment à
coups de crosse et de bâton. Nous étions rongés par
la vermine. Toute la journée, nous devions travailler,
soit qu'il neigeât, qu'il plût ou que le soleil nous brûlât
le corps. Le soir, il ne nous était même pas permis de
nous laver; nous dormions dans nos vêtements sur
des planches ou sur des treillis en fil de fer. Le dimanche, nous devions travailler comme les autres
jours.

Vuylsteke (Jérôme), né à Courtrai, le 10 février 1899;
domicilié à Courtrai, 20, Beekstraat.

A REVILLE, j'ai été très maltraité. Les soldats
frappaient constamment; nous étions rongés par la
vermine.

Haemers (Achille), né à Courtrai, le 22 décembre
1899; domicilié à Courtrai, 86, rue d'Iseghem.

J'ai été envoyé à DEMBLEY et à GIBERCY. Dans ce
dernier camp, les obus des canons français tombaient
fréquemment. Les soldats nous frappaient constamment à coups de crosse et de bâton. Nous étions rongés par la vermine. Nous devions dormir dans nos

vêtements sur des treillis en fil de fer; nous n'avions pas de matelas.

Van der Putten (Achille), né à Moerbeke-lez-Gram-mont, le 9 février 1899; domicilié à Viaene-Moerbeke, 220, Groote Steenweg.

Tandis que je me trouvais à BILLY, les obus français tombaient dans le camp. J'ai vu, notamment, une patrouille allemande tuée par les éclats. Nous étions constamment battus et nous couchions tout habillés sur des treillis en fil de fer. La vermine grouillait sur nous.

Danckaert (Omer), né à Lauwe, le 11 mars 1898; domicilié à Lauwe, 64, rue de la Lys.

A BOULIGNY, à AMERMONT et à AFLEVILLE, j'ai été traité comme on ne traite pas les esclaves. Mal nourris, battus comme des bêtes de somme, logés dans des taudis où la vermine grouillait, nous n'avions plus rien d'humain. A BOULIGNY, notamment, un soldat m'a donné dans les reins un coup de bâton qui m'a étendu par terre; j'en souffre encore actuellement.

Vandenbroucke (Jules), né à Avelghem, le 16 septembre 1894; domicilié à Avelghem, 33, rue d'Audenarde.

Les Allemands m'ont envoyé à GIBERCY et à MOIREY. Dans ces deux endroits, les obus des canons français sifflaient au-dessus de nous. J'ai vu plusieurs soldats allemands tués par des éclats d'obus. Un certain jour, au cours d'un bombardement, les soldats qui nous gardaient furent pris de panique et s'enfuirent, nous laissant seuls. Nous avons dû rentrer, sans garde, au camp.

Schoonjans (Maurice), né à Baerdeghem, le 25 mai 1898; domicilié à Baerdeghem, 23, rue de la Station.

Je me trouvais à ROMAGNE, lorsque ce camp a été bombardé par les canons français. J'ai vu qu'un obus tuait plusieurs soldats allemands et plusieurs chevaux. Sans raison, les soldats frappaient constamment les malheureux déportés.

Mingels (Julien), né à Cuerne, le 1er février 1885; domicilié à Cuerne, 21, Staatsbaan.

Nous avons dû abandonner GIBERCY parce que ce camp était trop exposé au feu des Français. A DEMBLEY, et partout où nous avons été d'ailleurs, nous avons été traités comme des animaux. Nous étions mal nourris, battus, insultés et rongés par la vermine.

Verheyden (Théophile), né à Merxem, le 23 novembre 1899; domicilié à Cappellen, Bosch, 2.

A ROMAGNE, nous étions battus, insuffisàmment nourris et rongés par la vermine. Les obus français explosaient à soixante mètres de nos baraquements. Un obus est tombé dans un groupe de soldats allemands et en a tué quatre.

De Baere (Joseph), né à Beveren (Courtrai), le 22 octobre 1898; domicilié à Beveren (Courtrai), Deerlijkstraat.

A MOIREY, les obus pleuvaient autour de nous. J'ai vu, pas loin de moi, quatre soldats tués par l'explosion d'un obus.

Delcroix (Isidore), né à Eyne, le 1er février 1886; domicilié à Eyne, 89, Serpentstraat.

Tandis que je me trouvais à GIBERCY, les obus français sifflaient au-dessus du camp. J'ai vu que plusieurs soldats allemands ont été atteints et tués.

Gijssens (Camille), né à Erembodegem, le 8 décembre 1883; domicilié à Erembodegem, 1, rue d'Alost.

Lorsque je me trouvais à ROMAGNE-SOUS-LES-COTES, ce camp a été bombardé par les canons français. J'ai vu, sur la route, deux corps inanimés atteints par les obus, mais je ne puis dire s'il s'agissait de Belges ou d'Allemands.

Cassiers (Charles), né à Waereghem, en 1888; domicilié à Huysse, Abeelhoek.

A GIBERCY, les obus français venaient éclater dans le camp. Plusieurs Allemands ont été atteints sous mes yeux.

Vandercruyssen (Camille), né à Wetteren, le 24 novembre 1873; domicilié à Wetteren, 123, Overbeek.

A URVILLE et à ITTENCOURT, près de SAINT-QUENTIN, les Allemands nous ont forcé à creuser des tranchées et à tendre des fils de fer barbelés.

Vander Schueren (Maurice), né à Wetteren, le 18 mai 1890; domicilié à Wetteren, 73, Molenhoek.

A NEUVILLE-SAINT-AMAND et dans une autre localité, près de SAINT-QUENTIN, les Allemands nous ont forcé à creuser des tranchées et à couler des plateaux en béton armé destinés à servir d'assises aux canons.

Goeminne (Astère), né à Huysse, le 1ᵉʳ décembre 1895; domicilié à Huysse, wijk Dries.

Au mois de septembre 1917, je travaillais avec plusieurs de mes camarades à la construction d'une route à ETRAYE. Un obus français est venu éclater dans notre groupe et a tué trois de mes camarades.

Van Dorpe (Maurice), né à Courtrai, le 26 mars 1896; domicilié à Courtrai, 99, rue de Sweveghem.

Dans le courant du mois de septembre 1917, je travaillais à DANVILLERS. Les obus français venaient tomber fréquemment à quelques mètres de nous.

Devos (Julien), né à Melden, le 8 mars 1896; domicilié à Melden-Koppenberg.

Au mois de septembre 1917, je me trouvais à DAN-VILLERS; les obus français tombaient sur le village et j'ai vu deux Allemands atteints et tués.

Van den Oostende (Oscar), né à Audenarde, le 21 juillet 1898; domicilié à Audenarde, 13, Geversdrei.

En septembre 1917, je me trouvais à ETRAYE. Les obus français pleuvaient sur ce village. Trois civils belges ont été atteints et blessés grièvement; deux aux bras et le troisième au ventre.

Stockman (Florimond), né à Gand, le 23 décembre 1882; domicilié à Gand, 450, Meulesteedsche Steenweg.

Entre AMEL et ETON, j'ai dû construire des abris souterrains reliés entre eux par des tranchées. Je crois que les soldats et les sous-officiers se cachaient dans ces abris en cas de bombardement, car lorsque les travaux de terrassement étaient terminés, les Belges devaient se retirer et les Allemands consolidaient ces ouvrages au moyen de béton armé.

Pintelon (Gaston), né à Gand, le 3 septembre 1886; domicilié à Gand, 41, rue de la Chèvre.

Les Allemands nous ont utilisés à ETON, AMEL et ROUVRES. Nous devions construire des tranchées, tendre des fils de fer barbelés et creuser des abris pour les munitions et les mitrailleuses. Les obus français sifflaient au-dessus de nous. Le sous-officier qui nous gardait déclarait que nous étions très près du front et que les canons de gros calibre bombardant Verdun se trouvaient à Étain. Je pense que, par nos travaux, nous préparions un nouveau front, car les lignes de tranchées défendues par des réseaux de fils de fer barbelés, s'étendaient aussi loin que portait la vue.

Verholen (Alfons), né à Wichelen, le 12 juin 1895; domicilié à Wichelen, Bohemen.

J'ai été enlevé le 25 octobre 1916 et envoyé à MÉZIÈRES-SUR-OISE. De là, les Allemands m'ont conduit à SERY, où j'ai été logé avec des camarades dans une sucrerie abandonnée. Nous devions coucher par terre. Le sol était couvert d'une couche de paille ancienne d'au moins un an; les rats et les souris y logeaient. Le toit de la sucrerie était percé comme une écumoire et la pluie pénétrait jusqu'à nous.

Nous avons été envoyés à HAMEGICOURT, MOY, BRISSEY, où nous devions abattre des maisons, creuser des tranchées et tendre des fils de fer barbelés. Près de Mézières-sur-Oise, le réseau de fils de fer était large d'au moins 6 mètres et si épais que le regard le traversait difficilement. Excédés des mauvais traitements que nous subissions, nous nous sommes enfuis, mais nous avons été repris près de Bruxelles et renvoyés aux environs de LENS. Nous avons dû travailler à COURRIÈRES, OSTRICOURT et à COURCELLES, tantôt à la réfection des routes, tantôt dans les usines de Lens.

Les Allemands nous ont envoyés près de LILLE, à LE QUESNOY. A cet endroit, nous vivions en plein feu. J'ai vu des bombes tomber autour de moi et massacrer des soldats allemands. Nous portions constamment des masques contre les gaz asphyxiants. Dès que nous nous trouvions dans une localité, celle-ci était abandonnée par la population. Les évacués pouvaient emporter 60 kilog. de bagages. Après le départ de la population, les maisons étaient soumises à un pillage en règle par les Allemands. J'ai vu des trains entiers remplis de meubles et de bétail se diriger vers l'Allemagne.

De Smet (Alidor), né à Gand, le 28 décembre 1884; domicilié à Gand, 109, rue de la Glacière.

Je travaillais à SENON et à AMEL à la construction d'abris souterrains, de plateaux en béton armé pour canons et mitrailleuses, et de tranchées. J'ai également dû tendre des fils de fer barbelés. Nous avions l'impression que nous préparions un nouveau front. Les obus pleuvaient autour de nous, mais respectaient nos baraquements; ceux-ci étaient visibles du front des Français et les Alliés évitaient de nous atteindre. En face de notre baraquement, s'élevait le ballon captif des Allemands.

Evrard (Joseph), né à Les Bulles, le 17 septembre 1887; domicilié à Les Bulles.

Je n'étais pas chômeur, néanmoins les Allemands m'ont réquisitionné et m'ont envoyé à la *Ferme des Mureaux*, près de VERDUN, où les obus français pleuvaient autour de nous. Nous étions constamment battus, parce que nous n'exécutions pas assez vite les ordres que les Allemands nous donnaient. Or, nous ne comprenions pas la langue dont ils se servaient.

Pronce (Octave), né à Sainte-Marie-sur-Semois, le 24 janvier 1899; domicilié à Sainte-Marie, 138, rue du Marais.

J'ai souffert surtout à MOIREY et BANTEVILLE des mauvais traitements que les Allemands m'ont infligés. J'ai été constamment battu à coups de crosse et de bâton. Les malheureux déportés étaient traités comme des animaux.

Schneider (Edouard), né à Villers-sur-Semois, le 20 juillet 1899; domicilié à Villers-sur-Semois.

A BANTEVILLE et à MOIREY nous étions traités comme des animaux. Nous étions insuffisamment nourris et rongés par la vermine. Nos forces étaient épuisées et on exigeait de nous un travail considérable. Ne pouvant l'accomplir, nous étions battus à coups de crosse et de bâton.

Closse (Léon), né à Saffelaere, le 31 août 1896; domicilié à Saffelaere, 33, Oude Veldstraat.

J'ai dû travailler à ETON à la construction d'abris souterrains. Les obus français sifflaient au-dessus de nous et allaient éclater sur la gare de BARONCOURT. Il ne m'est pas possible de décrire les souffrances que j'ai endurées; je puis toutefois certifier qu'il me serait impossible de supporter une nouvelle déportation.

Raepsaet (Arthur), né à Coyghem, le 29 juin 1888; domicilié à Coyghem.

Deux de mes frères et deux de mes beaux-frères ont été déportés en même temps que moi. Mes frères étaient grands et forts; ils étaient âgés respectivement de 21 et de 27 ans. Mon frère cadet et moi-même avons fort maigri. Au moment de son enlèvement, mon frère pesait 90 kilog.; le 16 mai 1917, il n'en pesait plus que 54 ! Il a souffert de la diarrhée, et un matin nous l'avons trouvé mort, couché à côté de mon autre frère. Ce fait suffit, je pense, à établir ce que nous avons souffert.

Dedain (Guillaume), né à Gand, le 1er février 1896; domicilié à Gand, 67, Stokenstraat.

A DUN, j'ai dû construire des abris souterrains dans lesquels se réfugiaient les soldats quand passaient les aviateurs. Si ceux-ci passaient alors que nous nous trouvions dans nos baraquements, les Allemands en fermaient les portes et nous devions rester exposés aux obus tandis qu'ils allaient se terrer.

Catelle (Camille), né à Gand, le 10 décembre 1879; domicilié à Ledeberg, 156, Bellevuestraat.

J'ai été envoyé à ETON, où j'ai travaillé à la construction d'abris souterrains. J'ai pu constater que les Allemands établissaient là-bas un nouveau front fortifié par des lignes de tranchées et des ouvrages en fils de fer. Tandis que nous nous trouvions à ETON, les Français ont bombardé BARONCOURT et l'ont réduit en pièces.

Fœbel (Alphonse), né à Wetteren, le 3 juillet 1885; domicilié à Wetteren, 42, Molenhoek.

Les Allemands m'ont envoyé à NEUVILLE-SAINT-AMAND, où nous avons dû construire des abris souterrains d'une dizaine de mètres de profondeur. Ces abris étaient destinés, je pense, à cacher des canons lourds à longue portée. Nous avons dû aussi abattre des arbres et creuser des tranchées.

De Kerpel (Médard), né à Kalken, le 17 octobre 1876; domicilié à Kalken-Eesvelde.

Alors que je me trouvais à BILLY, ce camp a été bombardé par les Français et nous avons dû nous enfuir. Je sais qu'au cours de ce bombardement, six soldats allemands et dix chevaux ont été tués.

De Sloovere (Armand), né à Eyne, le 26 avril 1896; domicilié à Eyne, 46, Kerkweg.

J'ai été enlevé à Eyne, le 1er décembre 1916 et envoyé à DEMBLEY, où je devais abattre des arbres dans les bois. Je suis resté là pendant trois semaines, et j'ai été envoyé successivement à GIBERCY, DEMBLEY, PEUVILLERS et DANVILLERS, où nous devions travailler à la réfection des routes. A la fin du mois de septembre 1917, les Allemands m'ont dirigé sur LISSY, où se trouvait le cantonnement. Le matin, nous devions aller à ETRAYE, où nous construisions une nouvelle

route. Le 6 septembre 1917, Etraye a été bombardé
par les canons français. Les premiers obus vinrent
exploser sur la colline derrière laquelle nous nous trouvions, mais le tir se précisa bientôt et les obus vinrent éclater tout près de nous. Je fus atteint au bras
par un éclat, tandis que deux de mes camarades furent
blessés, l'un à l'épaule, l'autre au ventre. Les soldats
qui nous gardaient s'enfuirent. Je pus courir pendant
une trentaine de mètres encore, puis je fus aidé par
mes compatriotes. Un Allemand s'approcha de moi,
me banda l'avant-bras et me conduisit au lazaret
d'Ecurey; je fus opéré à plusieurs reprises, mais jusqu'à
présent, mon bras n'a pas retrouvé sa force.

Thoma (Charles), né à Gand, le 26 juillet 1891; domicilié à Gentbrugge, Kerkstraat, 77.

Les Allemands m'ont envoyé à AMEL, avec une
équipe d'environ 800 hommes. Le premier jour, nous
avons été employés à la construction d'un chemin
de fer à voie étroite. Ensuite, les Allemands ont voulu
nous faire creuser des tranchées et des abris souterrains; nous avons refusé de nous livrer à ce travail
et le matin, au moment de l'appel, nous sommes restés
dans la baraque. Des soldats de renfort sont arrivés
et, baïonnette au canon, nous ont fait sortir. Si nous
avions refusé d'obéir, nous aurions été tués. Néanmoins, nous n'avons pas voulu travailler; nos gardes
nous ont laissé alors quatre jours sans manger; la
faim eut raison de notre résistance.

Nous avons été traités comme des animaux et nous
étions constamment battus; les officiers eux-mêmes
frappaient. J'ai vu un jour un homme souffrant

d'hydropisie s'arrêter en cours de route; le lieutenant s'est approché de lui et lui a administré un coup de pied qui l'a étendu par terre, puis l'a roué de coups. Il ne m'est pas possible de décrire tout ce que j'ai enduré.

Van Driessche (Henri), né à Gand, le 24 juin 1893; domicilié à Gand, 35, rue du Dévidoir.

J'ai été réquisitionné la première fois le 12 octobre 1916. J'ai été envoyé alors à LEME, où les Allemands voulurent nous forcer à travailler aux champs. Tous nous avons refusé et, par ce fait, nous avons été battus comme plâtre. Ne pouvant vaincre notre résistance, les Allemands nous ont envoyé à SAINS-RICHAUMONT, pour y travailler à la construction d'un chemin de fer se dirigeant vers le front. Nous nous trouvions sous la direction de soldats du génie dont la brutalité dépassait les limites du vraisemblable. Pour ne pas être tués, nous avons dû travailler; la besogne était lourde et au-dessus de nos forces. Aussi, lorsque, le 18 décembre 1916, le médecin supérieur passa la visite, il réforma 500 hommes environ qui purent rentrer chez eux. J'arrivai ainsi à Gand le 4 janvier 1917.

Le 12 avril suivant, j'ai été réquisitionné pour la deuxième fois et j'ai été envoyé à ROMAGNE et à DUN. Nous étions maltraités et battus. A Dun, notamment, si, lors de l'appel, un homme se trouvait encore au lit, le soldat lui lançait un seau d'eau froide sur le corps.

Peeters (Hippolyte), né à Hamme, le 24 janvier 1874; domicilié à Hamme, 3, Groote Kouter.

Les Allemands m'ont envoyé dans la région de SAINT-QUENTIN, où j'ai dû, avec mes camarades, abattre des maisons, scier des arbres, tendre des fils de fer barbelés, construire des abris souterrains **en** béton armé. Je ne suis pas instruit et je ne puis indiquer les localités diverses où j'ai été utilisé. Je puis déclarer, toutefois, qu'un jour, travaillant au sud de Saint-Quentin, nous avons été surpris par un bombardement violent. Nous nous sommes enfuis dans la ville et là, les soldats allemands nous ont rassemblés et nous ont conduits à nos baraquements. Tandis que nous nous trouvions à Saint-Quentin, les obus pleuvaient sur la ville.

Veldeman (Benoît), né à Oordeghem, le 16 novembre 1884; domicilié à Oordeghem, Hoekstraat.

Les Allemands nous ont envoyé en premier lieu à MÉZIÈRES-SUR-OISE et à SERY, où nous avons dû creuser des tranchées, tendre des fils de fer barbelés, construire des abris souterrains. Successivement, nous avons été dirigés sur HAMEGICOURT, ITTENCOURT, OSTRICOURT, où nous avons été employés à la même besogne.

A COURRIÈRES, près de Lens, nous devions réparer les routes endommagées par les obus lancés des avions. Dès qu'un obus avait détruit une route, nous étions dépêchés pour la réparer. Nous portions des masques contre les gaz asphyxiants. A NOYELLES, nous nous trouvions entre les canons allemands à longue portée et les canons de campagne. Les obus anglais pleuvaient autour de nous. Je ne crois pas devoir m'appesantir sur les traitements inhumains qui nous ont été infligés. Nous étions traités comme des bêtes tout en mourant de faim et en étant couverts de vermine.

Van Langenhove (Léon), né à Zele, le 21 février 1883; domicilié à Zele, 132, Kouter.

J'ai été réquisitionné le 24 octobre 1916 et envoyé à SERY. Là, les Allemands nous ont fait travailler à la construction d'un nouveau front. Nous devions creuser des tranchées, tendre des fils de fer barbelés, construire des abris souterrains. Nous avons été employés aux mêmes travaux à HAMEGICOURT et à ITTENCOURT. Quelque temps après, nous avons été transférés à D'OURS; là, les mauvais traitements ont commencé.

J'ai cherché à fuir, mais j'ai été repris aux environs de Tournai et renvoyé à D'Ours. Les soldats allemands m'ont placé dans un bateau, m'ont dépouillé de mes habits et, à cinq, m'ont alors labouré le corps de coups de bâton. J'ai perdu connaissance.

Après avoir passé quelque temps à D'Ours, j'ai été envoyé aux environs de Lille, où j'ai dû construire des abris dans lesquels les Allemands accumulaient les munitions. Enfin, j'ai été expédié aux environs de VERDUN, où j'ai dû travailler à la réfection des routes.

Ravier (Alphonse), né à Meirelbeke, le 21 juin 1869, domicilié à Meirelbeke, Wijk Terhand.

J'ai été déporté deux fois. La première fois, j'ai été envoyé à SAINS-RICHAUMONT et à LEME, où j'ai dû travailler à la construction d'un chemin de fer. Ensuite, j'ai été transféré à LENS, où j'ai dû abattre des fermes.

Lors de ma deuxième déportation, j'ai été transféré à AMEL, près de Verdun, où je devais construire des abris souterrains et des tranchées. Il était visible qu'un nouveau front se construisait à cet endroit. Vers le début de septembre 1917, AMEL a été bombardé par les Français. Au premier obus, le sous-officier qui nous gardait croyait à des bombes asphyxiantes et mettait son masque. La deuxième bombe lui a démontré son erreur. Le médecin de la compagnie a été atteint à deux reprises et a été tué. Les chevaux dont les attaches avaient été coupées, fuyaient. J'ai vu environ trente-cinq Allemands et quinze Belges tués par le bombardement.

Moens (Frans), né à Soissons, le 11 avril 1895; domicilié à Saint-Gilles-Termonde, 126, Breestraat.

J'ai été envoyé à SERY, ITTENCOURT et HAMEGI-COURT. J'ai dû, avec mes camarades, construire des tranchées et des galeries souterraines s'enfonçant à plus de 20 mètres de profondeur et longues d'environ 100 mètres. Nous remarquions que les Allemands nous occupaient à construire un nouveau front.

De Baets (Théodore), né à Gand, le 25 septembre 1889; domicilié à Gand, 28, Achtermuide.

J'ai été employé avec beaucoup de mes camarades à la construction d'un nouveau front, à ETON, SENON, AMEL. Nous avons vécu au milieu des obus. J'ai même vu un médecin allemand tué lors d'un bombardement.

Van Moerbecke (Constant), né à Gand, le 1er octobre 1883; domicilié à Gand, 109, rue Van Crombrugge.

J'ai été envoyé à ROMAGNE et à DOULCON. Il m'est impossible de décrire les souffrances que nous avons endurées. Par les froids les plus rigoureux comme par les pluies les plus violentes, nous devions travailler à ciel ouvert au déchargement des wagons. Et, tandis que l'eau nous coulait du corps et que le froid raidissait nos membres, les soldats qui nous gardaient allaient se mettre à l'abri ou allaient se chauffer.

Vernaeve (César), né à Gentbrugge, le 29 janvier 1892, domicilié à Ledeberg, 6, Driesstraat.

J'ai souffert atrocement, notamment à BELVAL. Je ne pouvais plus me tenir debout et je tombais constamment. C'était suffisant pour que les Allemands m'accablassent de coups de pied et de crosse de fusil.

De Mey (Louis), né à Wetteren, le 8 août 1877; domicilié à Wetteren, 9, Collegiebaan.

J'ai été utilisé comme forgeron. A BILLY, notamment, j'ai dû, sous la surveillance des Allemands, réparer les canons venant du front.

Gabriel (Émile), né à Wetteren, le 31 août 1887; domicilié à Wetteren-Overbeke.

J'ai été réquisitionné la première fois le 23 décembre 1916 et envoyé à URVILLERS et à BETHINCOURT, où j'ai dû, avec mes camarades, travailler à la construction de tranchées, à l'abattage d'arbres et à la démolition de maisons. Tous ces travaux s'exécutaient sous les coups de bâton et de crosse des soldats.

Un certain jour, nous avons vu arriver des soldats allemands et des canons en masse. Les civils allemands qui travaillaient volontairement à nos côtés, se dirigèrent vers l'arrière. On nous parqua dans un train. Les soldats visiblement se désintéressaient de nous et nous avons pu ainsi regagner nos foyers.

Le 25 mai 1917, j'ai été enlevé une deuxième fois et envoyé à LOISON, où j'ai dû travailler à la réfection des routes. Partout j'ai souffert de la faim, du froid, des mauvais traitements et de la vermine. Nous étions épuisés et, néanmoins, nous devions travailler constamment.

De Meyer (Léon), né à Gand, le 9 avril 1897; domicilié à Gand, 52, rue Saint-Hubert.

Au mois de juillet 1917, nous avons dû quitter le camp de LISSY, car celui-ci était violemment bombardé par les canons français.

J'ai beaucoup souffert partout où j'ai été, tant de la faim, du froid, de la vermine que des mauvais traitements. Les soldats allemands nous labouraient le corps de coups de bâton, de poing et de crosse de fusil.

De Craecker (Valère), né à Wetteren, le 6 décembre 1891; domicilié à Wetteren, Zandstraat.

J'ai été réquisitionné le 23 décembre 1916 et envoyé à MÉZIÈRES-SUR-OISE, puis à ITTENCOURT, où j'ai dû, comme mes compatriotes, abattre des maisons et des arbres, creuser des tranchées et des abris souterrains, tendre des fils de fer barbelés. Nous travaillions à la construction d'un nouveau front. Il m'est impossible de décrire les souffrances que j'ai endurées. Nous étions traités comme des animaux, constamment battus, insuffisamment nourris et rongés par la vermine.

Après avoir été utilisés aux environs de LE CATEAU à la construction de routes et de voies ferrées, nous avons été envoyés vers le front de VERDUN. Les traitements qui nous étaient réservés là n'avaient rien à envier à ceux que nous avons dû subir au front de Saint-Quentin.

Vlaeminck (François), né à Lokeren, le 27 novembre 1887; domicilié à Gand, 4, rue Erasme.

Le 24 octobre 1916, j'ai été réquisitionné à Gand et envoyé à MARLES, où j'ai dû travailler jusqu'au 3 janvier 1917 à la construction de la gare, où vingt-deux voies parallèles ont été établies. Atteint d'une double hernie, j'ai été renvoyé à Gand.

Le 20 avril 1917, j'ai été réquisitionné une deuxième fois et envoyé à ROMAGNE et à DUN, où j'ai dû travailler au déchargement des wagons. J'ai ensuite été dirigé sur STENAY, où j'ai été utilisé comme machiniste dans une usine de béton armé. A MOUZON, j'ai été employé comme ajusteur-monteur dans une usine de béton.

Houbeke (Philémon), né à Schellebelle, le 11 novembre 1893; domicilié à Wanzele.

J'ai été réquisitionné le 24 octobre 1916 et envoyé à SERY, où j'ai dû loger sur des planches dans une sucrerie dont le toit troué laissait passer la pluie. Je suis resté quatre mois à Sery. J'ai dû abattre des maisons et des arbres, creuser des tranchées et tendre des fils de fer barbelés. En somme, nous avons dû construire un nouveau front. De Sery, j'ai été envoyé à MOHA, où j'ai été employé à la même besogne. De Moha, j'ai été dirigé sur VADINCOURT, où les Allemands m'ont employé au déchargement des bateaux.

De Vadincourt, j'ai été dirigé vers Lille, où j'ai dû construire des routes. J'ai été envoyé ensuite à Wambrechies, où j'ai été occupé au déchargement des bateaux et au transport des fils de fer barbelés. Les Allemands m'ont alors expédié à Villers, près de Verdun, où j'ai dû construire des routes et décharger des wagons. Partout, j'ai souffert d'une façon indicible de la faim et du froid. Comme mes camarades, j'étais constamment battu. J'ignorais qu'un homme pût endurer tout ce que j'ai souffert, sans mourir.

Prové (Oscar), né à Wetteren, le 17 décembre 1882; domicilié à Wetteren-Eede.

J'ai été réquisitionné le 25 décembre 1916 et envoyé à Ittencourt. J'ai dû, avec mes compatriotes, travailler à la construction d'un nouveau front. Nous avons notamment creusé des galeries de 6 mètres de profondeur sur 6 mètres de largeur; ces galeries étaient ensuite bétonnées. D'Ittencourt, j'ai été dirigé sur Mézières-sur-Oise, où j'ai creusé des galeries souterraines renforcées par des étançons. Envoyé alors à Le Cateau, j'ai dû creuser des routes. Trois jours après, j'ai été expédié à Quiery-la-Motte, où mes camarades travaillaient à la réfection des routes; moi, je me trouvais à la cuisine. A Quiery-la-Motte, les obus pleuvaient autour de nous; nous vivions réellement dans le feu des tranchées. J'ai ensuite travaillé à Esquerchin où mes compatriotes étaient envoyés au travail à proximité des tranchées. Brusquement, j'ai été transféré au front de Verdun, à Saint-Laurent et à Pillon.

De Grauwe (René), né à Audegem, le 1ᵉʳ décembre 1883; domicilié à Audegem, 72, Hofstraat.

J'ai été réquisitionné le 25 décembre 1916 et envoyé à SERY, où je suis resté pendant six semaines. Là, j'ai dû abattre des maisons et des arbres, et creuser des tranchées. A HAMEGICOURT, j'ai dû édifier des blockhausen, creuser des tranchées et tendre des fils de fer barbelés. A ITTENCOURT, j'ai dû construire des plateaux en béton armé pour l'artillerie lourde, nous disait-on. A MENNEVRET (?), j'ai dû décharger des wagons. A HARNES et à WAMBRECHIES, j'ai été utilisé à la réfection des routes et à la construction de plateaux en béton. A WAmbrechies, nous vivions au milieu des obus. Nous étions traités comme des bêtes de somme et nous vivions dans l'appréhension de la mort, car les obus éclataient autour de nous. J'ai été ensuite envoyé à VILLERS et à ROMAGNE. Dans ce dernier camp, notre baraquement a été détruit par les obus français. Dans le courant du mois de septembre 1917, la couverture de mon lit a été déchiquetée par un éclat.

Van Moerseke (Maurice), né à Hamme, le 2 octobre 1883; domicilié à Hamme, 29, Kaaldries

J'ai été réquisitionné le 22 décembre 1916 et envoyé à HAMEGICOURT. J'ai dû creuser des tranchées et forer des puits dans lesquels l'on coulait ensuite du béton armé. J'ai été dirigé successivement sur : BELEN-GLISE, LESDEINS, HAMEGICOURT et ITTENCOURT. Partout j'ai été employé à des travaux militaires. J'ai dû creuser des tranchées, tendre des fils de fer barbelés et construire des abris souterrains.

Arrivés à HARNES, les Allemands nous ont remis des masques contre les gaz asphyxiants. J'ai souffert plus que je ne le saurais dire de la faim, du froid, des mauvais traitements et de la vermine. Les Allemands nous traitaient comme des bêtes de somme.

Verhaegen (Stéphane), né à Gysenzeele, le 29 septembre 1884; domicilié à Wetteren, Wetterstraat.

Les Allemands m'ont envoyé en premier lieu près de SAINT-QUENTIN, où j'ai dû travailler à la construction de tranchées. J'ai été transféré ensuite à PONT A MARCK, où j'ai dû construire des puits pour munitions. A WAMBRECHIES, j'ai dû travailler à la construction de plateaux devant servir d'assises aux canons. Dans cette dernière localité, les obus pleuvaient autour de nous. Un jour, à 100 mètres de moi, un obus en éclatant est venu tuer deux chevaux.

Ovaere (Prosper), né à Heule, le 17 janvier 1899; domicilié à Courtrai, 210, rue de Staceghem.

Le 24 janvier 1917, je travaillais à DANVILLERS. Les canons français ont bombardé la ville et trois de mes camarades ont été atteints. L'un a été tué, les deux autres grièvement blessés.

Van Malderen (Gustave), né à Zele, le 15 avril 1899; domicilié à Zele, 36, Veldekensstraat.

Le 21 août, vers 18 heures, je me trouvais à BILLY. Le travail était terminé et nous étions dans nos baraquements. Brusquement, le camp a été bombardé par les canons français. Tous nous nous sommes enfuis vers AMERMONT. Deux soldats allemands ont été tués;

beaucoup d'autres ont été blessés. Je ne pense pas que
des Belges aient été atteints.

De Vriendt (Guillaume), né à Audegem, le 15 mai 1878;
domicilié à Audegem, Ouborg.

Les souffrances que j'ai endurées sont indescrip-
tibles. Nous succombions de froid et de faim. Les mauvais traitements que nous subissions achevaient de
rendre la vie impossible. J'ai vu à BILLY un prisonnier
de guerre russe tué à coups de bâton. A AFLEVILLE,
l'un de mes compatriotes est mort également sous les
coups des soldats.

Dagnel (Albert), né à Bruxelles, le 17 novembre 1875;
domicilié à Bruxelles, 3, petite rue des Longs Chariots.

Au début de février 1917, je me trouvais sans ouvrage à Bruxelles. Un Monsieur que je connaissais
m'a déclaré qu'il pouvait me trouver une occupation
à Anvers. Je me suis rendu dans cette ville, mais
l'hôtelier qui devait m'engager n'avait besoin de moi
que huit jours plus tard. En attendant, je me suis
installé dans une mansarde, rue de la Station, 22.
Vers le 17 février (je ne puis exactement préciser
la date), à 8 heures du matin, deux soldats allemands
se sont présentés chez moi en vue de me réquisitionner.
J'ai protesté en déclarant que je n'étais pas chômeur
et que j'avais une occupation à Anvers. Ils m'ont
conduit d'abord à la Kommandantur et ensuite auprès
du commissaire de police qui a vérifié mes allégations
et les a déclarées exactes. Il en a fait part aux Allemands et a plaidé ma cause. Rien cependant n'y fit.
Vers 9 heures du matin, j'ai été, avec 300 compatriotes,

embarqué dans un train et dirigé vers Bruxelles. A Bruxelles-Nord, nous avons compté une dizaine de trains composés chacun d'environ 40 wagons. Tous contenaient des malheureux civils belges destinés à être déportés. A partir de Bruxelles, nous avons voyagé dans des wagons à bestiaux. Nous devions nous tenir debout et, malgré la température très basse, les wagons n'étaient pas chauffés.

Vers 5 ½ heures, nous sommes arrivés à Liége. Souffrant déjà de la faim, nous avons demandé au personnel du train de nous donner à manger. On nous a répondu : « Lorsque vous aurez travaillé, vous aurez à manger. »

Le train est entré en gare de Herbesthal, vers 7 ½ heures, et les Allemands nous ont servi un bol de soupe chaude. Nous avons continué à voyager; dans une grande gare dont j'ignore le nom, mais où nous sommes arrivés vers 5 heures du matin, on nous a distribué, à chacun, environ 250 grammes de pain. Nous avons voyagé toute la journée et encore la nuit suivante; le surlendemain, le 20, je pense, nous sommes arrivés à 1 heure de l'après-midi, au camp de MERSEBURG.

On nous a parqués dans des baraquements; ceux-ci étaient construits en bois sur lequel la vermine grouillait. Le long des parois, les lits s'allongeaient superposés. Chaque emplacement était marqué par une paillasse en fibres de bois grouillante de punaises, de poux et de puces. Des tuyaux couraient le long de la salle, de telle sorte que la température y était assez bonne.

A Merseburg, nous recevions : le matin, vers 5

12

heures, environ 250 grammes de pain et un breuvage noir; à midi, on nous dispensait 1 litre environ de soupe aux rutabagas, aux melons verts ou aux carottes non épluchées; le soir, vers 8 heures, même nourriture qu'à midi. Nous sommes restés à Merseburg pendant 15 jours environ, puis, 300 hommes du camp ont été dirigés vers une mine de GROSS-KAYNA. Lorsque nous sommes arrivés dans cette dernière localité, il était environ 1 heure 30. Les Allemands nous ont conduits sur le chantier et nous ont montré le travail que nous aurions à effectuer. Nous sommes restés dans nos baraquements où l'on nous a distribué la soupe. C'était la même qu'à Merseburg. Dans notre baraque, nous étions à vingt-huit, alors que quinze hommes auraient pu difficilement s'y loger. La malpropreté était comparable à celle de Merseburg.

Toute notre baraque avait décidé de refuser le travail; aussi, lorsque le lendemain vers 6 heures, les Allemands vinrent nous inviter à prendre la besogne, nous refusâmes tous. Quelques instants après, une dizaine de militaires allemands, armés de revolvers, se présentèrent dans la baraque, accompagnés des contremaîtres de l'usine, porteurs de bâtons pointus. Ils voulurent par la force nous faire travailler, et assénèrent des coups de bâton sur les premiers Belges qui se trouvaient à leur portée. Nous avons riposté en lançant à la tête de ces brutes tout ce qui nous tombait sous la main : pieds de chaises, assiettes ou bols en fer émaillé, etc... Les Allemands se/ retirèrent, mais sur le seuil de la porte, tirèrent des coups de revolver dans le tas. Trois ou quatre de mes camarades furent sérieusement atteints. Ceux-ci furent enlevés une heure après.

Le lendemain de cette algarade, on nous laissa tranquilles, mais on ne nous fit parvenir aucune nourriture. Le surlendemain, les Allemands passèrent devant nos fenêtres en nous présentant des plats de pommes de terre et de viande et en nous disant : « Si vous travaillez, voilà ce que vous aurez. » Nous persistâmes cependant dans notre refus de travailler, mais le dixième jour, les plus jeunes d'entre nous, affaiblis, affamés, furent contraints d'accepter le travail. Nous-mêmes, nous fûmes forcés le onzième jour d'aller au chantier.

Alors commença une vie épouvantable : de 6 heures du matin à 6 heures du soir, nous devions travailler sans discontinuer, toujours à ciel ouvert, par tous les temps. Les soldats allemands qui nous gardaient étaient des modèles de brutalité. Traîtreusement, ils nous assénaient de violents coups de bâton sur le corps sur les jambes et sur la tête. Je porte encore les traces sanglantes des blessures produites aux jambes par ces brutes. Pour toute nourriture, nous recevions : le matin, environ 200 grammes de pain ; le midi et le soir, 1 litre de soupe composée surtout d'eau claire. Après avoir supporté ces traitements de bêtes de somme pendant environ 9 mois, je suis tombé malade de faiblesse. Le gros orteil du pied gauche s'enflammait et je dus rester au lit. Le médecin vint me voir une seule fois et me prescrivit une médication que je ne pus appliquer. On ne me donna même pas un linge pour panser ma plaie et je dus déchirer la toile de ma chemise.

Le 8 décembre 1917, un soldat allemand vint jeter un passeport sur mon lit, en me disant : « Fichez-moi la paix ! Vous pouvez rentrer chez vous ! » Le 15, je pus prendre le train et rentrer en Belgique. J'ai été soigné successivement à l'hôpital de Verviers et à l'hôpital Saint-Jean, à Bruxelles. Actuellement encore, les blessures que je porte à la jambe, blessures provoquées par les mauvais traitements que j'ai subis, m'empêchent de travailler et même me rendent la marche très pénible.

La déclaration que je fais en ce moment peut être confirmée par tous les malheureux compatriotes qui se sont trouvés avec moi à Merseburg et à Gross-Kayna.

Bové (Edmond), né à Wetteren, le 19 juin 1886; domicilié à Wetteren-Liefkenshoek.

J'ai été réquisitionné le 29 décembre 1916 et envoyé successivement à ITTENCOURT et à LEUDIN, où j'ai dû, avec mes camarades, construire des abris souterrains et tendre des fils de fer barbelés. La nourriture qu'on nous dispensait était absolument insuffisante : le matin, nous recevions environ 300 grammes de pain; le midi, 3/4 de litre d'une soupe très claire... c'était tout ! Les soldats qui nous gardaient étaient d'une brutalité révoltante; à propos de rien, ils nous frappaient à coups de bâton et de crosse. Nous étions couverts de vermine.

A QUIERY LA MOTTE et à ESQUERCHIN, nous devions travailler au milieu des obus. Des civils français travaillaient dans le voisinage et j'ai vu l'un d'eux atteint par un éclat d'obus. A WAMBRECHIES, j'ai dû réfectionner les routes, et à SAINT-LAURENT, j'ai été employé dans les carrières. Bien que complètement épuisé, je devais encore fournir un travail considérable, car la moindre velléité de repos était aussitôt réprimée par des coups. Nous étions traités comme on ne traite pas les animaux.

Dedecker (Louis), né à Everghem, en 1885; domicilié à Everghem, Langerbruggestraat.

J'ai souffert d'une façon indicible pendant ma déportation. Le froid, la faim, la vermine, les mauvais traitements, la peur, tout nous accablait. A SENON, où j'ai dû creuser des tranchées et des abris souterrains, les obus français venaient exploser à 50 mètres de nous. Les soldats s'enfuyaient et nous restions enfermés dans nos baraques, exposés au bombardement.

D'Haens (Frans), né à Hofstade, le 18 août 1899; domicilié à Hofstade, 88, chaussée de Termonde.

J'ai souffert énormément à AFFLEVILLE. Nous étions constamment brutalisés. Lorsque nous tombions d'inanition, de fatigue ou de faiblesse, les soldats nous relevaient à coups de crosse. J'avais le corps couvert de traces sanglantes. Si, le matin, nous tardions à sortir de nos couchettes, nous recevions des coups de cravache dans la figure.

Poelman (Gustave), né à Tournay, le 8 juin 1891; domicilié à Heusden, 94, Mellehoek.

J'appartenais au 2e de ligne. J'ai été blessé à Hofstade, à la tête et à la jambe gauche. Mon capitaine m'a envoyé à l'ambulance d'Anvers, où je suis resté pendant cinq jours. Ayant été régulièrement réformé, je suis rentré dans mes foyers, à Heusden, le 6 octobre 1914.

Le 2 novembre 1916, les Allemands m'ont réquisitionné et m'ont envoyé à MONTMÉDY, d'où je me suis enfui. J'ai été repris, le 28 mars, et envoyé à POULLY. Je suis parvenu à m'enfuir une deuxième fois. Le 1er novembre 1917, j'ai été déporté pour la troisième fois et envoyé à ÉTON. Les Allemands m'ont pris 65 marks que j'avais sur moi. Je ne me suis livré à aucun travail, car j'étais absolument incapable d'accomplir n'importe quelle besogne. En fin de compte, le médecin allemand m'a fait libérer.

Maes (Pierre), né à Gand, le 6 juin 1876; domicilié à Mont-Saint-Amand, 7, rue de la Bienfaisance.

Van Meenen (Jean), né à Gand, le 14 décembre 1878; domicilié à Gand, 15, Mimosastraat.

Nous avons été envoyés à ÉTON et à AMEL. Nous avons été violemment bombardés par les Français. Tout était en feu autour de nous; les obus éclataient de tous côtés. Plusieurs Allemands et des chevaux ont été tués. Pendant notre déportation, les Allemands nous ont affamés et maltraités.

Van Wilder (Alphonse), né à Santbergen, le 28 août 1878; domicilié à Santbergen, Bovenkassei.

Le 31 mars 1917, à la tombée de la nuit, nous nous trouvions dans nos baraquements à GIBERCY, lorsque le village a été bombardé par les canons français. Les obus explosaient à quelques mètres des baraquements sur lesquels des éclats de pierre venaient s'abattre. Les Allemands se sont enfuis sans prendre garde à nous. Nous sommes sortis des baraquements et c'était un sauve-qui-peut général ! Je ne pense pas que des

Belges ont été atteints, mais je crois savoir que plusieurs Allemands ont été tués.

De Blieck (Victor), né à Heusden, le 9 octobre 1870; domicilié à Heusden, Kleempendorpstraat.

J'ai dû travailler à ÉTON et à AMEL à la construction de tranchées et d'abris souterrains. Vers le mois d'août, les Français ont bombardé notre camp; plusieurs Allemands ont été tués. Nous mourions littéralement de faim! Mon frère, d'ailleurs, a succombé aux privations le 15 juillet 1917.

Van Acker (Pierre), né à Saint-Gilles (Termonde), le 9 mars 1894; domicilié à Saint-Gilles(Termonde), 104, Moerstraat.

Jansegers (François), né à Appels, le 11 octobre 1885; domicilié à Audegem, 32, Statiestraat.

Nous avons été réquisitionnés le 25 octobre 1916 et envoyés directement à SERY, où nous avons passé la nuit. Le lendemain, les Allemands nous ont dirigés sur SÉNERCY, où on a voulu nous faire signer un contrat de travail. Ces instances ont duré huit jours. A ce moment, nous possédions encore les vivres que nous avions emportés lors de notre réquisition et, d'autre part, les Allemands nous en remettaient presque à suffisance.

Au bout de huit jours, furieux de notre résistance, les Allemands nous ont, à 500, alignés contre un mur, par un froid rigoureux. Il nous était interdit de bouger; la tête devait rester droite et les bras collés au corps. Ce supplice a duré *quarante et une heures*, pendant lesquelles aucune nourriture ne nous a été accordée.

Cinq des nôtres, complètement abattus, ont fini par signer un contrat. Les autres ont persisté dans leur refus, mais la faiblesse les a engagés à travailler sans contrat.

Les Allemands nous ont alors utilisés à démolir sep maisons, à abattre des arbres et à creuser des tranchées. Tous ces travaux s'exécutaient sous les coups de crosse et de bâton. Le matin, nous recevions, vers 7 heures, de 300 à 400 grammes de pain pour toute la journée; vers 5 heures de l'après-midi, on nous dispensait 3/4 de litre d'une soupe aux choux-raves ou aux betteraves.

Dans le courant de janvier 1917, dix-neuf d'entre nous ont été envoyés à HAMEGICOURT, où nous avons dû creuser des tranchées, tendre des fils de fer barbelés et nous livrer à tous autres travaux de défense. Nous étions surveillés par des soldats du génie. Nous dormions plus souvent sur des planches que sur nos paillasses de fibres de bois; nous étions couverts de vermine.

Vers le mois d'avril, nous avons été dirigés sur ITTENCOURT, où les mêmes travaux militaires nous ont été imposés. En mai, nous sommes arrivés à COURRIÈRES, où nous avons dû décharger des wagons de munitions et réfectionner des routes. Les mêmes soldats nous accompagnaient toujours, de telle sorte que les mêmes traitements inhumains nous étaient réservés.

De Courrières, nous sommes partis pour HARNES, où les Allemands nous ont remis des masques contre les gaz asphyxiants. Trois semaines après notre arrivée, cette localité a été violemment bombardée par les Français, et nous avons dû nous enfuir; les obus pleuvaient de toutes parts autour de nous. A WAM-BRECHIES, où nous sommes arrivés ensuite, nous avons dû construire des abris souterrains pour munitions, décharger des fils de fer, du ciment et tous autres produits destinés au front. Vers le mois d'août, nous avons été dirigés vers le front de VERDUN, où nous avons été utilisés à la réfection des routes, à l'abattage d'arbres, etc... Partout, nous avons été traités avec la même brutalité.

De Wilde (Gustave), né à Gijsegem, le 22 février 1883; domicilié à Gijsegem, 18, kleine Hoek.

J'ai été réquisitionné le 28 novembre 1916 et envoyé à VILLERS, où nous avons été parqués dans des baraquements où la vermine grouillait. Il ne faut pas attribuer cette situation à la malpropreté des hommes, car, dès les huit premiers jours, nous étions couverts de poux et de puces. Nous dormions sur des fils de fer tressés. Les soldats nous traitaient d'une façon indigne. A GIBERCY, par exemple, un soldat assénait de violents coups de crosse dans les reins d'un homme qui ne se levait pas assez vite à son gré. Voyant que cet homme restait insensible aux coups, le soldat l'examina de plus près et dut constater que le malheureux était mort.

Vers la fin du mois de mars 1917, le camp de Gibercy a été violemment bombardé par les alliés. Ce bombardement étant très intense, nous nous sommes tous sauvés. Plusieurs Allemands ainsi que plusieurs chevaux ont été atteints. D'autres bombardements, mais de moindre importance, s'étaient déjà produits. Nous vivions là-bas dans un réel enfer. La malpropreté était repoussante ! La pluie pénétrait dans les baraques mal closes. Les soldats relevaient à coups de crosse et à coups de pied les malheureux malades qui ne parvenaient plus à se traîner ou à exécuter leur travail. Il ne nous était pas permis d'accomplir nos devoirs religieux.

Verbeke (Tryphon), né à Waereghem, le 23 avril 1888; domicilié à Waereghem, 256, Gaverke.

Le 10 ou le 12 décembre 1916, alors que nous étions à GIBERCY, ce camp a été violemment bombardé par les Français. Les obus pleuvaient de toutes parts ! Le lendemain, le bombardement a recommencé. Quatre Belges ont été blessés; plusieurs Allemands tués. Vers le 15 janvier 1918, alors que je me trouvais à l'hôpital de Pierrepont, la cuisine de celui-ci a été démolie par les obus.

Vermeersch (Camille), né à Thielt, le 15 octobre 1897; domicilié à Wattrelos, 4, rue du Crétinier.

J'ai été réquisitionné à Roubaix, le 5 avril 1916 et envoyé successivement à SAPOGNE, FUCHER, NEUVILLE, AMAIRE-AMAGNE, LUCQUY. Je suis rentré à Roubaix le 15 décembre de la même année, mais treize jours plus tard, les Allemands m'ont envoyé à CONFLANS, de là à AFFLEVILLE, puis à AMANVILLERS, où nous devions aller travailler dans le territoire allemand.

Un jour, une commission neutre s'est présentée à notre camp, et a, très vraisemblablement fait observer qu'il n'était pas permis aux Allemands de nous utiliser sur ce territoire. Aussi le lendemain, avons-

nous été envoyés à OCHES, à MAINSBOTEL et à PIERRE-
PONT. Nous avons été utilisés, principalement, à des
travaux de chemin de fer, placement de voies,
construction de quais d'embarquement et de débar-
quement.

Les traitements que l'on nous réservait étaient
inhumains. Tous les soldats portaient des bâtons,
indépendamment de leur fusil. Pour la moindre incar-
tade, les coups pleuvaient ! La nourriture était absolument insuffisante : le matin, une tasse de café; le
midi, un litre d'une soupe très claire et le soir environ
500 grammes de pain avec 40 grammes de graisse ou
100 grammes de confiture.

Goeminne (Gentil), né à Peteghem-lez-Deynze, le
30 juillet 1884; et y domicilié, 119, rue d'Audenarde.

J'ai été envoyé successivement à MOUZON, POULLY,
MONTMÉDY, ÉTON et ROUVRES. Dans les trois premières localités, j'ai dû travailler à la construction
d'un chemin de fer. A Éton, j'ai dû creuser des tranchées et des abris souterrains; à Rouvres, j'ai dû
construire une voie ferrée. Chaque fois qu'une locomotive se montrait sur celle-ci, elle était aussitôt
bombardée par les canons français. A Éton et à Rouvres, nous vivions au milieu des obus. Beaucoup de
Belges sont morts là-bas; en général, ils succombaient
à la diarrhée et à l'œdème.

De Meyer (Richard), né à Peteghem, le 18 janvier
1888; domicilié à Peteghem, 37, Poelstraat.

J'ai été réquisitionné le 2 janvier 1917 et envoyé
à MAIRY, puis à MOUZON, POULLY et MONTMÉDY. De

là, les Allemands m'ont envoyé à ÉTON, où j'ai dû construire une voie de chemin de fer et creuser des abris souterrains. La nourriture était absolument insuffisante. Mes jambes tremblaient sous moi! Un jour, à la sortie du baraquement, je suis tombé épuisé. Le feldwebel s'est mis à me piquer dans les jambes et dans les cuisses au moyen d'épingles, pour me faire relever. J'ai cherché à me tenir debout et je suis retombé. Malgré tout, les Allemands m'ont forcé à rester debout pendant toute la journée, par un froid intense, auprès de la sentinelle. Le lendemain, je dus encore me rendre au travail, puis, comme je n'en pouvais plus, les Allemands se sont vus dans l'obligation de m'envoyer à l'ambulance.

Keppens (Léon), né à Lebbeke, le 25 mai 1882; domicilié à Lebbeke, 26, Langemolenstraat.

J'ai été réquisitionné le 26 octobre 1916 et envoyé à MÉZIÈRES-SUR-OISE, HAMEGICOURT et CHATILLON, où j'ai dû démolir des maisons, abattre des arbres, creuser des tranchées, construire des abris souterrains. A PONT-A-MARCK, j'ai dû construire des puits pour munitions. A WAMBRECHIES, les Allemands m'ont remis un masque contre les gaz asphyxiants. J'ai dû décharger des wagons contenant, notamment des fils de fer barbelés. Partout j'ai été traité comme on ne traite pas les bêtes de somme.

Lebon (Alexandre), né à Alost, le 25 mai 1897; domicilié à Alost, 8, Hoogevestingstraat.

J'ai été réquisitionné le 17 octobre 1916 et envoyé à WASSIGNY, BERTRY, MAUROY et MACQUEGNY. Dans ces différentes localités, j'ai dû construire des voies ferrées. La nourriture qu'on nous dispensait était absolument insuffisante. Le matin, à 5 heures, lors du lever, on nous accordait une tasse de café, puis nous devions travailler, sans nourriture, jusqu'à 14 heures. Nous recevions alors un litre d'une soupe très claire dans laquelle on remarquait quelques feuilles de betteraves et de la pulpe. A 19 heures, nous recevions 400 grammes de pain. Les hommes, complètement affamés, mangeaient celui-ci immédiatement, de telle sorte qu'ils se trouvaient sans nourriture jusqu'au lendemain à 14 heures.

Les soldats qui nous gardaient étaient d'une brutalité révoltante; à propos de rien nous étions battus. Chaque soldat portait un bâton, indépendamment de son fusil, aussi les coups de trique et de crosse pleuvaient-ils toute la journée. En février 1918, je ne me trouvais pas dans les rangs, et le soldat m'a asséné sur la tête un violent coup de bâton. Je suis tombé et suis resté pendant dix minutes environ sans connaissance. Depuis lors, les éblouissements ne me quittent pas et je suis atteint de crises d'épilepsie.

De Goedt (Arthur), né à Gand, le 20 juin 1879; domicilié à Gand, 340, chaussée de Zwijnaerde.

J'ai été réquisitionné le 1er novembre 1916 et envoyé successivement à LIGNY, DUN, DOULCON et MOUZON, où j'ai travaillé à la réfection des routes. Partout, j'ai été traité avec une brutalité révoltante. Les soldats frappaient constamment et, pour la moindre peccadille, les coups de bâton, de poing et de pied pleuvaient! Lorsque, complètement affaiblis et minés par la maladie, nous ne pouvions plus accomplir notre besogne et que nous tombions, nous étions relevés à coups de pied. Les animaux sont mieux traités que nous ne l'étions !

Vanden Abeele (Joseph), né à Thielt, le 28 février 1900; domicilié à Thielt, 115, Marialoopschesteenweg.

J'ai été réquisitionné le 20 mai 1917 et envoyé à DEMBLEY, où j'ai retrouvé mon frère qui avait été réquisitionné le 2 novembre 1916. Vers la fin du mois de juillet, alors que nous nous trouvions à Danvillers, mon frère a été atteint de diarrhée d'abord, de dysenterie ensuite. Lorsqu'il a voulu se présenter à la visite médicale, les soldats l'ont chassé du rang à coups de bâton. Mon frère ne pouvait plus se tenir debout; il marchait en s'accrochant aux murs ou en s'appuyant sur un camarade, néanmoins il devait travailler constamment; les Allemands refusaient même de me permettre de prendre sa place. Le 3 août, il s'est complètement affaissé et le docteur l'a envoyé à l'hôpital de Pierrepont, où il n'est resté que quelques jours. Il est mort le 7 ou le 8 août ! ! |

Raspoet (Octave), né à Denderleeuw, le 23 février 1891; domicilié à Denderleeuw, 11, Lindestraat.

J'ai été réquisitionné le 17 octobre 1916 et envoyé à LE CATEAU, de là à BERTRY, puis à FRENOY-LE-GRAND, où j'ai dû construire, derrière une colline, un chemin de fer amenant des munitions vers le front. Notre nourriture consistait : le matin, en une tasse de café; le midi, en un litre de soupe aux choux-raves et le soir, en 500 grammes de pain. Une ou deux fois par semaine, on nous remettait avec le pain un peu de plata ou de confiture. Je souffrais beaucoup de rhumatismes; néanmoins, les soldats m'imposaient le travail. Ceux qui nous gardaient portaient tous des bâtons dont ils se servaient constamment contre nous. Nous vivions là-bas dans un véritable enfer !

Brackeveld (Achille), né à Ruysselede, le 22 janvier 1896; domicilié à Thielt, 101, rue Saint-Jean.

J'ai été réquisitionné le 30 novembre 1916 et envoyé à DEMBLEY et à LISSY. Ce camp a été violemment bombardé et un éclat d'obus m'a renversé et m'a blessé à la jambe. Un de mes camarades a été atteint au ventre, et un autre au bras. J'ai été dirigé ensuite sur GIBERCY, qui a été également bombardé.

J'ai souffert, notamment, de la faim, du froid et des mauvais traitements. Tous les soldats qui nous gardaient étaient porteurs de bâtons dont ils se servaient constamment. J'ai vu un homme complètement épuisé tomber sur la route. Le soldat qui nous gardait l'a roué de coups et l'a forcé à avancer. Au retour, cet homme, qui devait porter sur l'épaule un fardeau assez lourd, est tombé une deuxième fois et quand on a voulu le relever, on a constaté qu'il était mort !

Parmentier (Aloïs), né à Mouscron, le 7 octobre 1888; domicilié à Wattrelos, 504, rue de Montaleux.

J'ai été réquisitionné à WATTRELOS, le 30 avril 1916 et, après différentes pérégrinations, j'ai été envoyé à AMANVILLERS, où une commission neutre est venue nous visiter. Le lendemain, nous avons dû quitter le

territoire allemand et nous avons été envoyés à OCHES.
J'ai, notamment, souffert des mauvais traitements
qui m'ont été infligés. Les soldats portaient des bâtons
dont ils se servaient constamment contre nous.

Staelens (Arthur), né à Gand en 1891; domicilié à
Gand, 105, chaussée de Meulestede.

J'ai été réquisitionné le 2 novembre 1916 et envoyé
à MONTMÉDY. De là, j'ai été dirigé sur AMEL, où j'ai
dû creuser des tranchées et construire des abris souterrains. Amel a été violemment bombardé par les
canons français et j'ai vu plusieurs Allemands, dont
un médecin, tués par les obus. Bien que ceux-ci pleu-
vassent de toutes parts, nous étions obligés de continuer
notre besogne. Un très grand nombre de Belges sont
morts là-bas, par suite de la dysenterie résultant de
la grande faiblesse, provoquée elle-même par une nourriture absolument insuffisante et un travail au-dessus
de nos forces.

De Kegel (Léon), né à Laerne, le 24 mars 1887; domicilié à Laerne, Steentjesstraat.

J'ai été réquisitionné le 25 octobre 1916 et envoyé
à NEUVILLE-SAINT-AMAND, où j'ai dû démolir des
maisons, abattre des arbres, creuser des tranchées et
des abris souterrains, construire des plateaux pour
l'artillerie. J'ai été envoyé ensuite à TORTEQUENNES,
SAILLY et VITRY, où j'ai dû travailler à la construction
de routes. Nous nous trouvions entre les lignes de
réserve et la ligne de feu. Les obus passaient constamment au-dessus de nos têtes. Beaucoup de mes compatriotes, et surtout beaucoup d'Allemands, ont été

atteints et tués. Les soldats qui nous gardaient étaient tous porteurs de masques contre les gaz asphyxiants, mais nous n'en recevions pas.

La nourriture était absolument insuffisante. Le matin, nous nous levions avec le jour et nous recevions alors une tasse de café, sans plus. Nous nous mettions en route pour aller travailler, parfois à deux heures du camp. Nous devions travailler sans interruption jusque vers 4 heures de l'après-midi, et alors seulement nous pouvions revenir au camp où l'on nous dispensait environ 3/4 de litre d'une soupe très claire avec environ 400 grammes de pain; ce pain devait servir pour toute la journée du lendemain. Les hommes mouraient littéralement de faim ! Ils cherchaient dans les champs et le long des routes les herbes qu'ils pouvaient trouver et les faisaient bouillir; tous nous étions à la recherche de rats. Quant aux traitements qui nous étaient infligés, ils étaient plus brutaux que ceux que l'on réserve aux bêtes de somme. La vie là-bas était un véritable enfer !

Peeters (Henri), né à Laeken, le 13 avril 1890; domicilié à Laeken, 128, rue Léopold.

De Bont (François), né à Laeken, le 16 avril 1893; domicilié à Laeken, 1, rue Herry.

Nous avons été enlevés le 22 janvier 1917 à Bruxelles et envoyés directement à KLEIN-WITTENBERG, où nous sommes restés pendant deux mois environ. A chaque instant, les Allemands nous ont demandé de travailler volontairement. A cette demande, nous opposions toujours un refus formel. Notre nourriture consistait en 250 grammes de pain, un litre de soupe à midi et en un demi-litre de soupe le soir. Le vendredi et le mardi, c'était de la soupe au poisson et les autres jours, on voyait dans l'eau claire des choux-raves et de la pulpe.

Le 22 mars, les Allemands ont réuni 55 hommes et, revolver au poing, les ont conduits à DEUBEN. Nous étions de ce groupe. Nous avons dû travailler dans les carrières. L'alimentation qui nous était accordée était la même que celle de Klein-Wittenberg. Toutefois, le dimanche, nous recevions parfois un peu de macaroni et 50 grammes de viande.

Les Allemands disaient que nous gagnions 3,80 marks par jour, mais, à la fin de la semaine, il nous restait 1 ou 2 marks. Il nous était impossible d'améliorer notre ordinaire, d'abord parce que nous ne pouvions pas sortir, ensuite parce que nous ne possédions pas d'argent.

A Deuben, on nous a distribué un jour des vivres venant de Belgique. Chaque homme a reçu : 24 biscottes, une poignée de haricots, un paquet de cacao et un morceau de pain d'épices. Pour tout notre groupe, nous disposions d'un seau de confiture; une boîte de sardines était partagée entre 6 hommes. Après quelques jours de travail, l'état de mes chaussures ne me permettant plus d'aller travailler, le sergent m'a, pour ce fait, obligé pendant quatre jours à aller travailler en plein hiver, nu-pieds.

Dans le courant du mois de septembre 1917, excédés par les mauvais traitements, nous nous sommes enfuis et dirigés vers Alten-Grabow, où nous sommes restés pendant cinq semaines. Tous les jours, les Allemands venaient nous demander de signer un contrat de travail. A la suite de notre refus, nous avons été privés de pain pendant huit jours. En fin de compte, affaiblis et affamés, nous avons signé un contrat de quatre mois, le 22 octobre 1917, et nous avons été envoyés à la *Machinenfabrik* de BUCKAU (MAGDEBURG), où nous sommes restés jusqu'au 22 février 1918. Les Allemands disaient que nous gagnions 72 pfennigs par heure !

Van Calenberg (Aloïs), né à Gijsegem, le 12 décembre 1886; domicilié à Gijsegem, 8, Kerkstraat.

J'habitais Gand ; je n'étais pas chômeur et, cependant, j'ai été déporté avec beaucoup de mes concitoyens. Jamais, je n'ai touché un centime du fonds de chômage, parce que, agent du Chemin de fer, je touchais une partie de mes appointements à l'intervention de la Caisse de prêts. J'ai été envoyé en FRANCE, où j'ai souffert comme tous mes compatriotes.

Kerre (Petrus), né à Berlaere, le 31 août 1883; domicilié à Berlaere, Heide.

Le 25 octobre 1916, j'ai été réquisitionné à Wetteren et envoyé à MÉZIÈRES-SUR-OISE, où j'ai dû construire des tranchées, des abris souterrains et des caves pour munitions. Après un mois, j'ai été dirigé sur WAMBRECHIES, où je devais, avec mes compagnons, travailler sous les obus français. Ceux-ci tombaient autour de nous; beaucoup volaient au-dessus de nos têtes et allaient exploser bien loin, derrière nos baraquements. Nous étions si près du front que les soldats allemands qui nous gardaient portaient des masques contre les gaz asphyxiants; certains civils belges, même étaient munis de ces appareils. A plusieurs reprises, les Allemands ont dû se couvrir de leur masque, tandis que nous restions exposés aux gaz. Très heureusement, aucun malheur que je sache, n'est jamais arrivé. De Wambrechies, j'ai été conduit à CHATILLON. Pendant toute ma déportation, j'ai été traité d'une façon inhumaine. Les soldats agissaient à notre égard avec une brutalité révoltante. Nous étions constamment battus et, même, lorsque n'en pouvant plus, j'ai été conduit à l'hôpital, les soldats me battaient parce que je ne marchais pas assez vite.

De Block (Pierre), né à Vynckt, le 12 juillet 1874; domicilié à Lootenhulle, Dorp.

J'ai été enlevé à Loo-ten-Hulle le 2 juillet 1918 et, cependant je n'étais pas chômeur; je n'ai jamais touché un centime du fonds de chômage. Suivant les renseignements que j'ai pu obtenir, les Allemands avaient reçu ordre d'enlever, dans mon village, 190 hommes qui avaient tous reçu une convocation. Tous ces hommes cependant s'étaient enfuis et lorsque les Allemands se sont présentés chez nous, ils n'ont pu prendre que 13 hommes, parmi lesquels je me trouvais.

Pendant mon court séjour à Deynze, j'ai reçu la visite de ma sœur qui m'a déclaré que les Allemands étaient revenus à Loo-ten-Hulle le lendemain et qu'ils avaient pris beaucoup d'hommes (je ne puis préciser le chiffre). Là où le fils était absent, ils prenaient le père; s'ils ne trouvaient pas le valet, ils emmenaient le maître.

Je souffre d'une affection oculaire très aiguë et j'étais porteur d'un certificat médical. Les Allemands n'y ont prêté aucune attention, l'ont déchiré et m'ont envoyé dans une scierie de POULLY. L'état de ma vue ne me permettait aucun travail, aussi ai-je été presque aussitôt renvoyé à Bruxelles.

Decouttere (Georges), né à Courtrai, le 7 avril 1888; domicilié à Courtrai, 3, chaussée d'Audenarde.

Mon frère, qui n'était pas chômeur, avait été réquisitionné en juillet ou août 1917 avec une centaine d'autres Courtraisiens. Il avait été envoyé à LEGHEM (Flandre occidentale), d'où il s'était enfui après trois mois environ. Pendant six mois, les Allemands l'ont vainement cherché. Furieux, sans doute, de l'insuccès de leurs recherches, ils sont venus me prendre pour remplacer mon frère, disaient-ils, et ils m'ont envoyé dans la région de VERDUN.

Burms (Cyrille), né à Meire, le 8 octobre 1898; domicilié à Meire-Oostdorp.

Desadeleer (Aloïs), né à Meire, le 30 décembre 1893; domicilié à Meire, 108, Magerstraat.

Nous avons été réquisitionnés à Meire, le 28 novembre 1916, en même temps que vingt autres hommes; deux seulement de ce groupe étaient secourus par le fonds de chômage. Nous n'avons reçu aucune convocation, mais nous avons été retenus au contrôle du Meldeamt, lorsque nous nous y sommes régulièrement présentés.

Nous avons été envoyés dans la région de VERDUN, au 32e bataillon. Là, nous avons été traités comme on ne traite pas les animaux. Lors de l'appel du matin, les soldats, tout en donnant l'ordre du lever, frappaient les hommes à coups de crosse. Ces mauvais traitements continuaient toute la journée; nous étions bousculés, injuriés et frappés. On nous imposait, d'autre part, un travail au-dessus de nos forces, tandis qu'une nourriture absolument insuffisante nous était dispensée.

Mestdagh (Remi), né à Poucke, le 5 février 1896; domicilié à Landeghem, 15, Wilde.

Bien que n'étant pas chômeur, j'ai été réquisitionné à Landeghem, le 2 décembre 1916, avec huit autres de ma commune qui, pas plus que moi, n'étaient secourus par le fonds de chômage. J'ai été envoyé dans la région de VERDUN, où j'ai souffert d'une façon indicible des mauvais traitements, du froid, de la faim et de la vermine.

Oosterlinck (Émile), né à Molenbeek-Saint-Jean, le 18 janvier 1895; domicilié à Overmeire, Loereveld.

Je n'étais pas chômeur et, néanmoins, j'ai été enlevé à Cherscamp le 5 février 1918, avec vingt-quatre de mes concitoyens. Les Allemands nous disaient que nous étions pris parce que plusieurs hommes du village de Cherscamp, qui avaient été déportés, s'étaient enfuis du camp. Nous avons donc, en leur lieu et place, été entraînés à travers différents villages de la région de VERDUN.

Teeuws (Constant), né à Gand, le 9 mars 1873; domicilié à Gand, 17, Brandstraat.

J'ai été réquisitionné à Gand, vers la mi-août 1917. J'étais débardeur et me trouvais momentanément

sans besogne, de telle sorte que je recourais au secours
du fonds de chômage. Les Allemands m'ont offert de
travailler pour eux, à Courtrai, moyennant un salaire
journalier de 17 francs. J'ai refusé cette offre et, aussitôt, j'ai été pris et envoyé à BILLY. Au début surtout,
j'ai souffert énormément; comme mes camarades,
j'étais constamment battu. A différentes reprises, les
déportés se sont plaints de ces agissements inhumains
et, vers le mois de septembre, des ordres ont dû être
donnés aux sentinelles, car celles-ci n'étaient plus autorisées à se munir d'un gourdin, comme elles le faisaient
toujours. Cela ne les empêchait pas, de nous battre à
coups de crosse de fusil.

Vers le mois de mars ou d'avril 1918, je me trouvais à
AMERMONT. Un matin, me dirigeant avec mes compagnons vers le lieu du travail, je voulais ramasser une
pomme de terre qui s'était égarée sur la route. La
sentinelle s'en aperçut et me donna, par derrière, un
violent coup de crosse qui m'atteignit à la cuisse et
aux testicules. Quelques jours plus tard, la blessure
s'enflamma et je dus être conduit à l'hôpital, ce qui
me valut ma libération.

Liefferinckx (Joseph), né à Anderlecht, le 17 février
1895; domicilié à Oordegem, Schoor.

Bien que n'étant pas chômeur, j'ai été réquisitionné
à Oordegem, le 28 octobre 1916. Les hommes secourus
par le fonds de chômage avaient été appelés par les
Allemands, mais s'étaient enfuis. Les Allemands alors
ont fait une raffle dans la population, sans tenir compte
de la situation de personne. J'ai été envoyé dans la
région de VERDUN, où j'ai souffert comme tous mes

compatriotes. Je dois cependant reconnaître que, vers la fin, la situation s'était quelque peu améliorée.

Leenaert (Henri-Ernest), né à Leupegem, le 5 août 1896; domicilié à Leupegem.

J'ai été réquisitionné le 1er décembre 1916 et envoyé à DEMBLEY d'abord; ensuite, dans différentes localités de la région de VERDUN. Partout, nous avons été traités d'une façon indigne.

A LISSY, j'avais pour camarade un nommé Domien KLEPKENS, du village de LEUPEGEM. Ce jeune homme de 20 ans était maladif et ne pouvait suivre la colonne de travailleurs; aussi pendant la marche était-il continuellement battu par la sentinelle. Un jour, ce jeune homme, arrivé à destination, se trouva dans l'impossibilité de travailler. La sentinelle s'approcha de lui et lui dit textuellement : « Schwein, si vous ne travaillez pas, je vous tue. » Mon camarade lui répondit : « Faites ce que vous voulez, je n'en puis plus. » Il reçut, sur le champ, un violent coup de crosse qui l'étendit dans la neige. Il resta couché pendant une heure environ, ne donnant pas signe de vie. La sentinelle s'approcha de nouveau, et voulut le forcer à se relever. Mon malheureux camarade ne put se tenir debout et retomba sur le sol. La sentinelle lui allongea alors, dans la région du cœur, un violent coup de crosse qui tua mon ami. Avec d'autres de mes camarades, je le ramenai mort au camp.

Bien souvent, tandis que nous travaillions, les obus français venaient exploser autour de nous. C'était le cas, notamment à DANVILLERS et à ETREYE. Dans cette dernière localité, trois de mes camarades furent atteints, deux au bras, et le troisième au ventre. Nous étions traités d'une façon scandaleuse; nous étions constamment battus. Il nous était même interdit de nous déclarer malades.

Verhasselt (Louis), né à Baesrode, le 11 juin 1897; domicilié à Lebbeke, 29, Baesrodestraat.

Vers le mois de septembre 1917, un ordre est arrivé à BILLY, interdisant aux soldats de frapper les déportés. A partir de ce moment, bien que les traitements fussent toujours très brutaux, ils cessèrent cependant d'être inhumains. Vers le mois de juillet, un soldat donna à un déporté un violent coup de crosse dans la nuque; ce coup entraîna la mort du travailleur. C'est sans doute pour cette raison, qu'à partir du mois de septembre, on interdit aux soldats de se munir encore de bâtons.

De Vriendt (Joseph), né à Schepdaele, le 19 octobre 1898; domicilié à Ninove, 7, chaussée d'Okegem.

Bien que n'étant pas chômeur, j'ai été réquisitionné à Ninove, le 1er décembre 1916, avec vingt-deux de mes concitoyens, qui n'étaient pas plus chômeurs que moi. J'ai été envoyé dans différentes localités de la région de VERDUN, où j'ai souffert d'une façon indicible.

De Keyzer (Charles), né à Deynze, le 26 avril 1898; domicilié à Deynze, 86, Oude Gentsche straat.

Je n'étais pas chômeur et cependant j'ai été réquisitionné le 2 février 1917 avec dix-neuf autres hommes de ma commune, parmi lesquels se trouvaient des chômeurs et des non-chômeurs. J'ai été envoyé successivement à MOUZON, POULLY et BARONCOURT. Dans cette dernière localité, nous avons été bombardés par les canons français, vers le mois de mai 1917. Nous étions traités comme des animaux et, très fréquemment, je me suis plaint, mais sans succès, des mauvais traitements qui m'étaient infligés.

Willems (Charles), né à Wieze, le 2 mai 1894; domicilié à Wieze, 9, Kruisabeel.

J'ai été réquisitionné le 25 octobre 1916 et envoyé à MÉZIÈRES-SUR-OISE et de là à NEUVILLE-SAINT-AMAND. Dans cette localité, je devais, avec mes compatriotes, creuser des tranchées et des abris souterrains.

J'ai été envoyé ensuite à VAUX-AMBREGNY et à PONT-A-MARCQ, où nous étions utilisés aux travaux de réfection des routes.

Vers le mois de juin 1917, j'ai été dirigé sur WAMBRECHIES, où j'ai dû décharger des munitions et toutes sortes de matériaux destinés au front. Les obus des alliés explosaient autour de nous; les soldats qui nous gardaient étaient munis de masques contre les gaz asphyxiants. J'ai ensuite été envoyé dans la région de VERDUN.

Partout, j'ai été traité d'une façon inhumaine. Comme mes camarades, j'étais battu, maltraité; nous devions travailler par tous les temps. Vers la fin de ma déportation, la brutalité avait quelque peu diminué, car les soldats n'étaient plus autorisés à se servir de bâtons pour nous frapper. Ils nous battaient cependant toujours à coups de crosse de fusil.

De Vos (Remy), né à Letterhautem, le 13 août 1899; domicilié à Letterhautem, Klein-Sottegem.

Bien que non chômeur, j'ai été réquisitionné à Letterhautem, le 20 octobre 1916. Quatre autres hommes, pris en même temps que moi, n'avaient jamais bénéficié du secours de chômage. Je sais que les Allemands ont réquisitionné également des non chômeurs à Herzele, Hauthem-Saint-Liévin et Vlierzele. Je n'avais que 17 ans et 3 mois au moment où, me présentant au contrôle du Meldeamt, j'ai été retenu par les Allemands et envoyé dans la région de VERDUN. Comme tous mes compatriotes, j'ai été traité d'une façon indigne.

Engelbinck (Gustave), né à Wetteren, le 18 mars 1889; domicilié à Wetteren, 7, Collegiebaan.

J'ai été réquisitionné le 15 octobre 1916 et envoyé à NEUVILLE-SAINT-AMAND, où, pendant cinq mois, j'ai dû creuser des tranchées, tendre des fils de fer barbelés, construire des abris souterrains, aux côtés des prisonniers russes. Puis, j'ai été dirigé sur VAUX-EN-ANGIN et PONT-A-MARCQ, où j'ai été utilisé à la réfection des routes et au déchargement des wagons. De là, j'ai été envoyé à WAMBRECHIES, où j'ai dû décharger des obus et du matériel destiné au front.

Vers le mois d'août 1917, j'ai dû, à deux reprises, m'enfuir avec mes camarades, parce que les obus explosaient au milieu de nous. J'ai vu deux chevaux tués. Tous les soldats et même des civils portaient des masques contre les gaz asphyxiants. Quand le bombardement devenait trop intense, on nous retirait, mais nous devions revenir aussitôt que les obus cessaient de tomber.

De Cock (Alphonse), né à Wynghene, le 19 août 1896; domicilié à Oostcamp, 7, Dale.

J'ai été réquisitionné le 4 juillet 1918 avec douze autres hommes du village d'Oostcamp. Les Allemands sont venus, vers minuit, m'arracher de mon lit et m'ont envoyé à VILLEFRANCHE. J'ai toujours été maladif et aucun médecin allemand ne m'a jamais examiné avant ma déportation. J'ai été versé dans un bataillon de travailleurs, mais après avoir travaillé un demi-jour, je suis tombé malade et j'ai dû être envoyé à l'hôpital.

Dupont (Léon), né à Havré, le 4 octobre 1898; domicilié à Saint-Gilles (Bruxelles), 21, rue Joseph Claes.

J'ai été réquisitionné à Havré-Ville, le 2 octobre 1916, en même temps que cent cinquante jeunes gens de ma localité. Au moment de la réquisition, je souffrais fortement d'albumine et j'avais demandé à mon médecin traitant un certificat qu'il m'avait d'ailleurs immédiatement fourni. Lors de la visite médicale à laquelle j'ai été soumis, j'ai montré le certificat au docteur allemand, qui n'y a attaché aucune importance et qui m'a déclaré que, tous, nous devions travailler pour les Allemands.

Sur le champ, j'ai été envoyé avec soixante de mes concitoyens à CAMBRAI, où j'ai dû creuser des tranchées, tendre des fils de fer barbelés, construire des caves pour munitions et des abris contre les obus d'aéroplane. A un certain moment, j'ai été attaché au service de la Croix-Rouge et j'ai dû enterrer des morts et transporter des blessés. Je suis resté à Cambrai pendant quatre mois. Les soldats qui nous gardaient étaient assez humains et ne nous frappaient pas. Le logement, toutefois, laissait fortement à désirer. Nous étions couchés sur des fils de fer tressés, sans matelas ni paillasses. Nous n'avions pas même de couvertures et nous devions nous coucher tout habillés; aussi étions-nous couverts de vermine.

Après quatre mois, j'ai été transféré à ÉCOURT-SAINT-QUENTIN, où j'ai dû, une fois de plus, travailler à la construction d'un front, c'est-à-dire creuser des tranchées, tendre des fils de fer barbelés, etc. Là aussi, j'ai dû enterrer des morts et transporter des blessés. D'Écourt, j'ai été transféré à ARLEUX et AUBIGNY, où les mêmes travaux m'ont été imposés.

A Écourt, les soldats étaient brutaux et j'étais très souvent battu. Quant au logement, il était partout le même, et nous mourions de froid en hiver. Il fallait travailler par tous les temps et nous étions dans l'impossibilité de nous changer lorsque la pluie nous avait complètement mouillés. A Écourt et à Arleux, les obus venaient siffler au-dessus de nos têtes. A Écourt, notamment, plusieurs de mes amis ont été tués par des bombes lancées d'aéroplanes. J'ai beaucoup souffert pendant toute ma déportation, tant des mauvais traitements que du travail au-dessus de mes forces.

Rottiers (Adolphe), né à Lede, le 1er juillet 1888; domicilié à Hofstade, 7, Kamdries.

J'ai été réquisitionné à Herzele, le 25 septembre 1916, avec trente-cinq hommes de ma commune. J'ai

été dirigé sur Mézières-sur-Oise et de là sur Sennercy, où nous avons dû creuser des tranchées, tendre des
fils de fer barbelés, construire des abris souterrains.

Pendant neuf mois environ, nous avons dû travailler à la construction d'un nouveau front. Puis,
une trentaine d'hommes de ma compagnie ont été
envoyés à D'Ours, où nous avons été utilisés à détruire
des carrelages dans une fabrique. De D'Ours, nous
avons été dirigés sur Wambrechies. Le matin, nous
étions conduits en tram à La Vigne, je pense, où nous
vivions au milieu des obus. Ceux-ci explosaient autour
de nous et passaient constamment au-dessus de nos
têtes pour aller atteindre leur but, beaucoup plus loin.
Tous les soldats qui nous gardaient portaient des
masques contre les gaz asphyxiants. Pendant notre
séjour dans cette localité, nous avons dû construire
des caves pour les munitions.

Vers le mois d'avril 1917, nous avons été dirigés sur
Mangiennes et de là sur Chatillon. Les Allemands
m'avaient mis dans une forge et, un jour, en frappant
sur un morceau de fer, un éclat de celui-ci m'est entré
dans l'œil gauche. J'ai été conduit à l'hôpital de Longuyon, où l'on m'a enlevé l'œil. De Longuyon, j'ai été
dirigé sur Pierrepont et de Pierrepont à l'hôpital
Saint-Jean, à Bruxelles.

Pendant toute ma déportation, j'ai souffert d'une
façon indicible. Au début, à Sennercy, nous avons tous
refusé de travailler. Les Allemands nous ont alors
alignés, la face tournée vers le mur et les bras allongés
le long du corps. Il nous était interdit de couvrir nos
mains, de bouger la tête. Chaque fois que nous faisions
un mouvement, nous recevions des coups de bâton.

Nous restions là, immobiles et sans manger, depuis 4 heures et demie de l'après-midi jusqu'à 11 heures et quart. En fin de compte, abattus par la faiblesse, nous avons accepté de travailler, mais sans contrat. Les sentinelles qui nous gardaient étaient de véritables bourreaux. Nous étions constamment battus et traités comme des bêtes de somme.

De Klippelaere (Léonard), né à Hamme, le 2 mars 1885; domicilié à Hamme, 13, Kaeldries.

J'ai été réquisitionné à Hamme et envoyé directement à MÉZIÈRES-SUR-OISE, où j'ai dû travailler dans les bois. Bientôt après, j'ai été dirigé sur ITTENCOURT, où j'ai dû, avec mes camarades, travailler à la construction d'un front aux environs de SAINT-QUENTIN. J'ai dû tendre des fils de fer barbelés, creuser des tranchées et des abris souterrains. J'ai été traîné dans différentes localités et j'ai travaillé, tantôt dans des carrières, tantôt à la construction des routes, tantôt à des ouvrages de chemin de fer. En fin de compte, j'ai échoué à CHATILLON, où j'ai été utilisé dans une scierie. Un certain jour, tandis que je cherchais à décharger un arbre très lourd, le wagonnet a basculé et l'arbre m'est tombé sur la jambe droite. Bien que la blessure que je portais fût assez forte, je suis resté pendant *vingt et un jours* sans aucun soin. Les Allemands m'ont, en fin de compte, dirigé sur l'hôpital de Pierrepont, où je suis resté pendant deux mois.

Partout, au cours de ma déportation, j'ai souffert le martyre. Nous étions brutalisés, maltraités; nous vivions dans une saleté repoussante. Je puis citer un fait typique de la brutalité des soldats allemands :

c'était à Chatillon; un de mes camarades, Désiré
VERWILGEN, de Hamme, était gravement malade.
Néanmoins, il devait travailler dans la cour du camp.
L'infirmier qui avait pour devoir de le soigner était
d'une brutalité révoltante et n'hésitait pas à frapper
le malheureux. Il arriva, cependant, que Verwilgen
se trouva dans l'impossibilité absolue de travailler;
un sous-officier, le voyant inactif, lui intima l'ordre de
se remettre au travail, mais mon ami ne le put. Le
sous-officier furieux, lui lança son chien qui le renversa
et le mordit cruellement. Verwilgen fut transporté
dans la baraque, mais il mourut le lendemain.

Au début de la déportation, nous refusions tous
obstinément de travailler. Les Allemands, alors, nous
ont placés contre un mur, face à celui-ci. Pendant
dix-sept heures, nous sommes restés là, absolument
immobiles et sans nourriture. Il est évident qu'à la
fin, nous avons dû céder et que nous avons dû travailler
mais sans aucun contrat.

De Gols (Joseph), né à Alost, le 29 décembre 1886;
domicilié à Alost, 25, rue Saint-Vincent.

J'ai été enlevé à Alost, le 17 octobre 1916, et envoyé
à MAUROY, où j'ai dû travailler à la construction d'un
chemin de fer. De Mauroy, j'ai été dirigé sur VADIN-
COURT, où le même travail m'a été imposé. Ce dernier
camp abritait un dépôt de munitions; aussi était-il
fréquemment visité par les avions alliés qui lançaient
continuellement des bombes; nous vivions dans un
danger perpétuel. Le 3 septembre 1917, à la suite
d'une explosion d'obus, seize hommes de ce camp
furent tués.

Une nuit, tandis que tous les hommes étaient couchés dans la baraque, les avions alliés vinrent encore jeter des bombes. Pris de peur, je voulus m'enfuir avec un de mes camarades, nommé Jean BUYSSE, d'Alost. La sentinelle se trouvant à la porte du camp, voulut m'empêcher de sortir, mais je passai outre. Elle tira alors un coup de fusil, à bout portant; la balle troua ma cuisse gauche et alla atteindre Buysse à la jambe. Tous deux, nous tombâmes et nous restâmes pendant plus d'une heure, sans aucun secours. Mon camarade avait perdu du sang en abondance et mourut, le lendemain, complètement exsangue. Quant à moi, je fus transporté à l'hôpital de Le Cateau, puis à celui de Valenciennes. Les soins qui m'ont été accordés par les Allemands étaient absolument insuffisants, aussi ne puis-je plus me mouvoir qu'avec des béquilles. Mon infirmité est devenue incurable et je suis malheureux pour le restant de mes jours.

De Groote (Léonard), né à Gand, le 26 avril 1885; domicilié à Gand, 42, Olmstraat.

J'ai été réquisitionné à Gand le 2 novembre 1916. Cependant, je n'étais pas chômeur; le certificat ci-joint l'établit. Je l'ai exhibé aux autorités allemandes qui n'ont pas même daigné le regarder. Je certifie que, jamais, je n'ai touché un centime du fonds de chômage. J'ai été envoyé successivement à CARIGNAN, STENAY, MONTMÉDY, ÉTON, BREVILLE et LONGUYON.

Partout, j'ai souffert atrocement, mais spécialement à ÉTON, où j'ai dû travailler à l'édification d'un nouveau front. Je devais construire des tranchées et des abris souterrains, tandis que les obus pleuvaient autour

14

de moi. Nous n'avions pas même d'eau pour nous laver. La vermine grouillait sur nous !

Gijsels (Jacques), né à Uccle, le 29 octobre 1896; domicilié à Ixelles, 2, rue du Prévôt.

Le 25 mars 1915, j'ai été arrêté à Stekene, sous l'inculpation d'avoir tenté de franchir la frontière. Après avoir séjourné un certain temps à la prison de Saint-Nicolas, j'ai été envoyé à HOLZMINDEN, où je suis arrivé le 20 ou le 21 avril. Ce camp était propre. L'hygiène y était respectée, et les soldats qui nous gardaient ne nous brutalisaient pas. J'ai toutefois souffert de la faim, car, en règle générale, je ne disposais que de la nourriture fournie par les Allemands. Or, celle-ci est absolument insuffisante. La caissette que l'administration communale d'Ixelles m'envoyait tous les mois, me parvenait presque toujours spoliée et, en tout cas, son contenu n'était guère important. A partir de 1916, j'ai participé aux distributions de biscuits envoyés par le Gouvernement belge, ce qui augmentait considérablement mon ordinaire.

Si, à Holzminden, l'hygiène est respectée, la moralité ne l'est pas du tout. Auprès du camp des hommes, un camp de femmes avait été établi, et les femmes étaient autorisées à se promener dans le camp des hommes, tous les jours de 12 à 3 heures, et le dimanche de 12 à 5 heures. Je crois inutile de m'étendre sur la débauche à laquelle cette promiscuité donnait lieu.

En juin 1915, j'ai été envoyé en commando à Spelle. J'ai dû construire des routes. Dans les marais, l'eau nous montait jusqu'à l'aine, et nous étions gardés notamment par un caporal qui nous labourait le corps

de coups de crosse. J'ai pu rentrer à Holzminden en
1916 et j'ai été employé alors à des travaux de terrassement le long de la route qui relie la ville de Holzminden
au camp.

A différentes reprises, souvent deux ou trois fois
par semaine, les Allemands nous engageaient à signer
un contrat de travail, en ayant soin de faire valoir
les avantages que nous avions à devenir des travailleurs volontaires. J'ai toujours refusé. Vers la fin mai
1916, j'ai été compris dans un convoi de prisonniers
destiné à MAUBEUGE, où nous sommes arrivés le 2 juin,
je pense.

Maubeuge est un camp de passage. J'y suis resté
deux mois environ et j'ai été occupé à des travaux
divers à l'intérieur du camp. Comme je refusais obstinément de signer un contrat, j'ai été envoyé avec
soixante Français et Belges au camp de discipline de
Deville. Là, nous devions, sous la garde permanente
de sentinelles, travailler dans des carrières. Le matin,
nous étions menés au travail et le soir nous étions
reconduits à nos baraquements. En dehors des heures
de travail, il nous était strictement défendu de sortir
ou de parler à qui que ce soit.

Un certain dimanche, un officier parlant très cor-
rectement le français est venu nous engager à accepter
volontairement du travail. Il s'attardait à nous dé-
peindre la situation privilégiée des travailleurs volontaires auxquels des salaires élevés étaient accordés.
Il invoquait le souvenir de nos parents que nous aurions
pu revoir lors de notre congé, et faisait valoir encore
une foule d'autres considérations. Ces belles paroles
ont eu un certain résultat, car cinquante-cinq de mes

compagnons ont accepté de travailler volontairement.
Deux Liégeois, deux Flamands et moi-même, nous
avons persisté dans notre refus. Nous avons aussitôt
été envoyés à LE TREMBLOY, au sud de Charleville,
où nous avons été versés dans une compagnie déjà
composée de vingt soldats français. Nous devions travailler au chargement et au transport d'arbres destinés à une scierie. Parmi les soldats qui nous gardaient,
il s'en trouvait deux, notamment, qui se conduisaient
comme des brutes. Nous devions travailler constamment, sans lever la tête, et la moindre relâche entraînait des injures et des coups.

Du Trembloy, j'ai été envoyé au bataillon 20, à
CHARLEVILLE, et de là à CHATEAU-PORCIEN, où nous
devions construire des routes. A Château-Porcien, les
Allemands ont rassemblé les Flamands en déclarant
qu'ils seraient renvoyés dans leurs foyers. Or, au mois
de mai 1918, une quinzaine de Belges, parmi lesquels
je me trouvais, tous considérés comme Flamands, ont
été envoyés à Halluin, où nous avons été parqués dans
une usine désaffectée. Près de notre prison, se trouvaient d'autres fabriques occupées par des prisonniers
français, anglais et marocains.

La vie à Halluin était intenable. Le ciel était constamment sillonné par des avions alliés et les bombes
tombaient presque sans discontinuer. Les malheureux
prisonniers couraient à gauche et à droite pour éviter
les obus. La plupart des civils perdaient la tête. Beaucoup de mes camarades ont été tués, et moi-même,
pris d'une peur irraisonnée, j'ai contracté une affection
cardiaque, qui m'a valu d'abord mon transfert à
l'hôpital de Courtrai et ensuite ma libération.

Chauveheid (Gaston), né à Molenbeek-Saint-Jean, le 30 juin 1898; domicilié à Jette-Saint-Pierre, 23, avenue de Laeken.

Le 18 novembre 1916, j'ai été arrêté à Vaals, près d'Aix-la-Chapelle, et condamné à un mois de prison pour avoir tenté de franchir la frontière. Après avoir purgé ma peine, j'ai été envoyé à Holzminden, où je suis arrivé le 7 janvier 1917. J'ai passé cinq mois dans se camp, puis j'ai été conduit à Maubeuge avec un convoi d'environ trois cents hommes. Pendant mon séjour à Holzminden, les Allemands m'ont demandé à trois reprises de signer un contrat de travail, mais je m'y suis toujours refusé.

Pendant cinq semaines, je suis resté au camp de Maubeuge sans être astreint à aucun travail. Les prisonniers étaient groupés dans des baraquements et devaient dormir tout habillés, sur des treillis en fil de fer. Nous n'avions ni matelas ni couvertures.

Le 11 juin 1917, j'ai été envoyé à SAINT-MICHEL, près de Hirson, où j'ai dû travailler pendant dix jours dans les carrières. J'ai été dirigé ensuite sur LA BOU- TEILLE, où j'ai dû placer des poteaux électriques. Au bout de trois semaines, j'ai été atteint de la dysen- terie, et j'ai été conduit auprès du directeur allemand, qui a refusé de me recevoir. J'ai été soigné alors par le maire de la commune. Pendant ma maladie, j'étais couché sur de la paille, dans le grenier d'une habita- tion particulière. Nous nous trouvions là à cinquante environ.

Le 15 septembre, j'étais guéri et j'ai été envoyé à MAUBERT-FONTAINES, où j'ai été utilisé à des travaux de terrassement. Le 1er janvier 1918, je suis arrivé à

HIRSON, où j'ai dû décharger du charbon destiné à une usine électrique. Le 10 février, j'ai tenté de m'évader. Arrivé à Charleroi, je me suis rendu auprès du commissaire de police belge pour obtenir un gîte. Ce fonctionnaire, sans autre forme de procès, m'a remis entre les mains des Allemands. Ceux-ci m'ont renvoyé à Hirson, d'où j'ai été envoyé au camp de discipline de Trelong. J'y suis resté cinq jours, puis j'ai été ramené à Hirson, où j'ai été mis au cachot pendant quinze jours.

Le 8 mai 1918, le lieutenant du bataillon est venu nous déclarer que nous étions libérés et que nous allions être renvoyés dans nos foyers. Environ mille travailleurs du bataillon 7 ont été dirigés sur Halluin, où nous ne sommes restés que six jours. Nous avons été conduits alors à BOUSBECQUE, sur la Lys, où nous devions décharger des bateaux et transporter des munitions. Nous vivions là en plein danger car, journellement, les avions venaient jeter des bombes. Notre camp était à Bousbecque, mais nous devions aller travailler beaucoup plus loin. Nous avons même dû réparer des routes et décharger des munitions tout près de MESSINES. Nous travaillions devant les ballons d'observation, entre l'artillerie et l'infanterie. Les soldats qui nous gardaient portaient tous des masques contre les gaz asphyxiants. Nous n'en avions pas. En cas d'attaque, il nous était interdit de nous enfuir ou de nous cacher, sous peine d'une amende de 20 mark.

Partout, en France, j'ai été maltraité d'une façon indigne. Les soldats, sans motif, frappaient avec la crosse de leur fusil. A mon arrivée au camp de Trelong, j'ai été déshabillé et couché sur une table. Un sous-

officier s'est mis à me frapper à coups de matraque
C'était la règle. Tous ceux qui entraient au camp de
discipline étaient battus ainsi.

Partout également, la nourriture était insuffisante.
Nous recevions le soir 500 grammes d'un pain dans
lequel la paille était la matière dominante. De temps
à autre, les Allemands y ajoutaient une cuiller de
marmelade ou un petit morceau de saucisson. Le matin,
on nous distribuait un demi-litre de café, et le midi
trois quarts de litre d'une soupe généralement aux
féveroles. Nous dormions sur des paillasses pleines
de vermine. A Hirson, nous n'avions même pas d'eau
pour nous laver. Je suis resté pendant un mois sans
pouvoir me laver, alors que j'étais employé au déchargement du charbon. A Maubert-Fontaine, les puni-
tions consistaient dans la suppression de la ration de
pain pendant un, deux ou trois jours. Les malheureux,
ainsi punis, n'avaient donc pour toute nourriture que
les trois quarts de litre de soupe dispensée à midi.

Jusqu'à mon arrivée à Halluin, je gagnais 30 pfennigs par jour; mais, dans cette dernière localité, les
Allemands m'allouaient 8 francs 50, dont je devais
abandonner 3 francs pour la nourriture. Le lieutenant
disait aux travailleurs que cette majoration de salaire
était accordée eu égard au danger que nous courions.
Ce danger était réel, car à Wervicq, le mercredi 26 juin
1918, une bombe d'aéroplane est tombée au milieu
du camp. En éclatant, elle a tué trente civils belges,
dont vingt-deux de Zele; vingt-huit civils ont été
blessés. J'ai pu compter moi-même les cercueils. Je
revenais du travail lors de l'attaque des avions, et c'est
à cette circonstance que je dois de n'avoir pas été

atteint. A trois reprises, nous avons été poursuivis par des avions, pendant que nous nous rendions au travail. Chaque fois, un homme a été tué et plusieurs ont été blessés. A Maubert-Fontaine, en plein hiver, les Allemands nous ont enlevé nos souliers et nous ont remis des sabots. Comme je ne possédais pas de chaussettes, je devais travailler nu-pieds dans la neige et dans la boue. A Hirson, il arrivait plusieurs fois par mois des envois de biscuits de Holzminden. Les Allemands ne nous les remettaient pas; ces biscuits servaient de nourriture aux lapins. Il nous était cependant permis d'en acheter à raison de 1 franc 25 pièce.

De Wilde (Joseph), né à Alost, le 23 avril 1890; domicilié à Alost, 164, Ledebaan.

Je n'étais pas chômeur et, cependant, j'ai été réquisitionné par les Allemands, le 16 octobre 1916. Deux mille de mes camarades ont été réunis et répartis ensuite en quatre compagnies. J'étais de la première compagnie du 19ᵉ bataillon. Cette compagnie a été dirigée sur LE CATEAU, où nous sommes arrivés le 22 octobre.

Nous avons été parqués dans les caves d'une filature. Le sol était recouvert d'un peu de paille, qui nous servait de paillasse. A Alost, les Allemands nous avaient remis un pain pour quatre jours. Au passage à Schaerbeek et à Hirson, on nous a distribué un bol de soupe.

Dès notre arrivée à Le Cateau, nous avons été séparés en pelotons de cinquante hommes. Chacun de ces pelotons était entouré de soldats, baïonnette au canon, commandés par un lieutenant et par des sous-officiers. Ainsi escortés, nous avons été conduits au lieu de travail, où des pioches, des pelles, etc., nous étaient offertes. Personne ne voulait accepter ces outils. Alors, sous les yeux de l'officier et des sous-officiers, les soldats nous battaient à coups de crosse, de pioche, et de tout ce qui leur tombait sous la main. L'officier criait : « S'ils ne veulent pas accepter leurs outils, qu'on les tue ! » Le spectacle était révoltant au point que des civils français qui nous regardaient de l'autre côté du canal, nous criaient : « Travaillez, sinon ils vous tueront ! » Comme nous persistions dans notre refus, nous avons été reconduits à la filature et un autre peloton s'en allait subir le même sort que nous pour venir nous rejoindre peu de temps après. Ce martyre a duré trois jours. Puis, voyant que notre entêtement ne pouvait que nous conduire à la mort, nous avons accepté de travailler, sans toutefois signer de contrat. Nous avons commencé par ajouter une voie à la ligne de Le Cateau à Lille, et continué par d'autres travaux de chemin de fer. Après cinq mois, nous avons été dirigés sur Hors, où nous avons été occupés à des travaux du même genre.

Ayant, au cours de mon séjour à Le Cateau, tenté de m'évader, j'ai été envoyé au bataillon de discipline de Bertry. J'ai dû travailler dans la gare de cette ville. Au bataillon de discipline, je devais travailler dix heures par jour, et la nourriture était moindre que celle dispensée à Le Cateau et à Hors.

Par suite des vides nombreux qui se produisaient dans les rangs des travailleurs civils, vides dûs à la mortalité, à la maladie, aux évasions, les Allemands ont fondu les bataillons 16 et 19 en un seul, auquel le no 16 a été donné. A partir de ce moment, la vie est devenue plus dure encore. Les officiers et les sous-officiers du bataillon 16 étaient plus brutaux que ceux du bataillon 19, et la nourriture était moindre et plus mauvaise.

Excédé par les mauvais traitements que je subissais à Bertry, je me suis provoqué une plaie très grande et très vive à la jambe droite. On en remarque aujourd'hui encore la cicatrice. Pour cette blessure, le médecin m'a envoyé à l'hôpital de Le Cateau, où je suis resté trois mois et demi. Mon stratagème ne m'a pas cependant valu ma libération, car, ma plaie guérie, j'ai été renvoyé à Bertry. Ensuite, avec cinquante hommes, j'ai été envoyé à FRESNOY-LE-GRAND, toujours pour des travaux de chemin de fer, jusqu'au moment où des prisonniers russes sont venus remplacer les prisonniers civils. Ceux-ci ont été renvoyés à Bertry, où se trouvait le dépôt de notre bataillon. Pendant un mois et demi environ, nous partions en train, tous les matins, pour aller à CROIX-FONSOMME et à ESSIGNY-LE-PETIT, où nous avons dû construire des routes spéciales pour l'artillerie lourde.

Atteint de points pleurétiques, j'ai été renvoyé à l'hôpital de Le Cateau, où je suis resté deux mois et dix jours. Pendant ma maladie, mon bataillon avait été dirigé sur Jeumont, et de là dans les Flandres, où un congé de huit jours avait été accordé aux hommes. Lors de ma guérison, les Allemands de l'hôpital ignoraient où ils devaient m'envoyer. Pendant quatre jours, j'ai voyagé avec trois Allemands, à la recherche de mon bataillon. Nous avons été à Roubaix, à Lille, à Ingelmunster, et dans d'autres localités encore, pour échouer enfin à HALLUIN, où j'ai été embrigadé.

A Halluin, j'ai dû charger et décharger des munitions dans le dépôt. J'ai dû faire le même travail à
GHELUWE et à HOUTHEM. Très fréquemment, cette
dernière localité était bombardée par les Anglais, et
nous courions toujours le risque d'être atteints. Plusieurs de mes compatriotes ont été tués, notamment
à Gheluwe, par suite de l'explosion d'obus qu'ils
transportaient.

A partir de Halluin, nous semblions être considérés
comme travailleurs volontaires et nous n'étions pas
battus, mais partout ailleurs, un régime odieux nous
a été réservé. Toutes les sentinelles portaient des bâtons, indépendamment de leur fusil, et nous battaient
à propos de rien. Les soldats du génie, aux côtés des-
quels nous travaillions sur les voies, étaient encore
plus cruels.

Nous étions couchés sur des planches couvertes
d'un peu de paille. En été, nous étions criblés de puces,
et en hiver, couverts de poux. La nourriture était
absolument insuffisante. Le soir, nous recevions un
quart de pain avec un peu de confiture, de graisse ou
de foie. Le midi, un demi-litre de soupe uniquement
composée d'eau et d'un peu de légumes mal trempés.
Beaucoup de mes compatriotes sont tombés malades.
Beaucoup d'autres sont morts.

Aucun secours religieux n'était dispensé aux hommes. Pendant ma déportation, de près de deux ans,
j'ai pu assister trois fois à la messe. A l'hôpital de
Le Cateau, l'aumônier allemand m'a déclaré que le
« rittmeister sanatorium » (?) qui commandait notre
bataillon, lui avait interdit l'accès du camp des travailleurs civils.

Vande Casteele (Aimé), né à Deerlijck, le 7 août 1895; domicilié à Saint-Genois.

Vers la fin du mois de novembre 1916, j'ai été convoqué en même temps que d'autres hommes de Saint-Genois-Helchin, à la Kommandantur de Mouscron. Je savais que c'était en vue d'une déportation; aussi ne me suis-je pas rendu à cette convocation. Mais la nuit du jeudi au vendredi suivant, le 28 novembre, je pense, les soldats allemands sont venus m'arracher de mon lit et m'ont conduit à la prison de Mouscron. Je m'y suis arrêté trois jours et j'ai été envoyé ensuite, avec tous les hommes réquisitionnés, à SPRINCOURT, près de Verdun, où j'ai séjourné jusqu'en février 1917.

Notre bataillon, portant le n° 31, devait travailler à la réfection et à la construction des routes. De Sprincourt, nous sommes allés à BOULIGNY, où nous avons dû édifier un parc pour le génie. Nous avons été occupés à l'abattage d'arbres, au chargement et au déchargement de munitions et de tout le matériel destiné au front. Le 14 juillet 1917, notre camp a été fixé à AMERMONT, mais nous continuions à travailler au parc de Bouligny.

Peu de temps après mon arrivée à Amermont, j'ai cherché à m'enfuir, mais j'ai été repris dans la province de Luxembourg. Les Allemands m'ont renvoyé au bataillon, où j'ai été condamné à six jours d'arrêt et à la bastonnade. En présence de l'officier, un sous-officier m'a asséné au bas des reins vingt-cinq coups d'un gourdin gros comme le poignet. Pendant les six jours d'arrêt, j'ai été enfermé dans un cachot et je ne recevais par jour que 300 grammes de pain et deux gamelles d'eau.

Tous les hommes de la Kommandantur de Mouscron, c'est-à-dire un millier environ, avaient été réunis dans le bataillon 31, mais la mort et la maladie avaient fait de larges vides dans celui-ci. Trois à quatre cents hommes avaient, en effet, succombé aux privations et aux mauvais traitements. Donc, au mois d'août, ce bataillon 31 ne contenait plus que deux cents ou trois cents hommes. Les Allemands ont décidé alors de nous jeter dans le bataillon 32. A partir de ce moment, la vie est devenue plus terrible encore, car les soldats de ce nouveau bataillon étaient de véritables brutes.

Le matin, nous devions nous lever à 4 heures, en été, et à 5 heures ou 5 heures et demie, en hiver. Nous recevions un bol de café; aussitôt après, nous étions réunis et, sous la garde de sentinelles qui nous encadraient, nous étions conduits au travail. Il arrivait souvent que des hommes malades ou trop affaiblis s'affaissaient en cours de route. Les sentinelles les relevaient et, à coups de crosse et de bâton, les rejetaient dans les rangs. Nous étions conduits comme des troupeaux de bêtes. Si, par distraction, un homme s'écartait quelque peu du rang et rompait la rectitude de la colonne, aussitôt des coups de crosse et de bâton le rappelaient à la réalité. La plupart des sentinelles exigeaient des hommes un travail surhumain. Fréquemment, les mains des travailleurs étaient ankylosées par la gelée; et, néanmoins, les soldats forçaient ces malheureux à travailler sans relâche.

Vers deux heures, deux heures et demie ou trois heures, cela dépendait du jour et du travail à terminer, nous étions rassemblés de nouveau et reconduits aux baraquements, où chaque homme recevait un litre de soupe. Pendant l'hiver 1916-1917, cette soupe était uniquement composée de betteraves et de choux-raves. L'été suivant, la soupe était plus consistante, mais il est à supposer que c'est la mortalité excessive parmi les déportés, qui a engagé les Allemands à améliorer notre ordinaire. Malgré cette amélioration, nous mourions toujours de faim.

Après la soupe, nous étions censés libres, mais tous les jours, une corvée nouvelle nous attendait. Nous devions alors, par les froids les plus rigoureux, comme par les pluies les plus violentes, nous tenir immobiles dans la cour, jusqu'au moment où il plaisait à l'officier, au sous-officier ou même aux simples soldats, de nous libérer.

Vers cinq heures, les Allemands nous dispensaient 500 grammes de pain et un peu de confiture. Notre ration journalière consistait dans ces 500 grammes de pain et un litre d'une soupe très claire.

Au début, nous dormions sur des sacs de paille, mais ceux-ci ne tardèrent pas à être infestés de vermine. Ils durent être jetés. A partir de ce moment, nous dormions, toujours tout habillés, sur des treillis en fil de fer.

Lorsque trop d'hommes étaient malades et se présentaient à la visite du médecin, le sous-officier arrachait de ce groupe de malheureux une vingtaine de malades et les rejetait dans les rangs des travailleurs.

Vers le mois d'octobre 1917, j'ai tenté une seconde fois de m'évader, mais après avoir marché pendant dix-sept jours, j'ai été arrêté à proximité de Tournai. J'ai été renvoyé à AMERMONT, et cette fois, j'ai subi douze jours d'arrêt et soixante-quinze coups de bâton. Ceux-ci étaient comptés par l'officier lui-même. Il est à remarquer que c'est avec l'autorisation, et même sous les ordres de l'officier, que les soldats nous marty-risaient.

De Brucker (César), ouvrier de fabrique, né à Hof-stade, le 7 septembre 1894, et y domicilié.

J'ai été réquisitionné à Termonde le 23 décembre 1916 et envoyé directement à URVILLE. Nous étions là quatre cents environ. Tous, nous avons refusé de travailler, et les Allemands nous ont alors placés debout devant un mur. Nous sommes restés dans cette posi-tion pendant *quarante-huit heures*, sans recevoir aucune nourriture, exposés au froid et à la pluie. Il nous était strictement interdit de bouger. Au bout de quelques heures, beaucoup de mes compatriotes tombaient de fatigue et d'inanition. Ces procédés barbares ont vaincu, évidemment, notre résistance et nous avons accepté de travailler, mais sans signer aucun contrat. Nous avons été occupés à la construction de tranchées, de voies souterraines et de caves à munitions.

Au bout de quelques mois, j'ai été transféré à DOUAI, où j'ai dû construire des baraquements pour remiser les chariots et les chevaux. De Douai, j'ai été envoyé à QUIÉRY-LA-MOTTE, où j'ai dû réfectionner des routes et enterrer des soldats allemands. La plupart de ces corps étaient déchiquetés. Ensuite, j'ai été dirigé successivement sur ESQUERCHIN, PONT DE LA DEULE et CHATILLON. Partout, j'ai souffert atrocement de la faim et de la vermine. Nous étions complètement affaiblis et maladifs, ce qui n'empêchait pas les Allemands de nous rouer de coups et de nous envoyer brutalement au travail, bien que certains d'entre nous souffrissent de plus de 39° de fièvre. Beaucoup de Belges sont morts de privations, de maladies et des mauvais traitements.

Schoesters (Léon), machiniste, né à Merxem, le 8 décembre 1879; domicilié à Baesrode, 1, Meergatstraat.

J'ai été réquisitionné par les Allemands le 28 novembre 1916 et envoyé à BILLY, où j'ai dû travailler dans les bois. Ceux-ci étaient distants d'au moins deux heures de notre campement et nous devions faire ce long trajet par tous les temps. Il arrivait, fréquemment, que nous rentrions dans nos baraquements complètement mouillés et, comme nous ne possédions pas de vêtements de rechange, nous devions nous coucher ainsi. Nous devions dormir sur des fils de fer tressés; nous n'avions pas même de paillasse.

Après deux mois et demi de cette vie lamentable, je sentis que mes forces diminuaient de jour en jour. Je voulus donc me rendre chez le médecin, mais, tandis que, avec plusieurs de mes camarades, je faisais la file devant la porte du praticien, le feldwebel et trois soldats vinrent nous chasser à coups de bâton et de crosse. Je dus donc reprendre ma place dans les rangs et, une fois de plus, je m'en allai vers les bois. Le temps était horrible; il pleuvait à torrents et un vent âpre glaçait mon corps fiévreux. Les soldats qui nous gardaient nous faisaient vider à la pelle de petites flaques d'eau. C'était simplement pour nous ennuyer, puisque ce travail était sans aucune utilité : à peine parties, ces flaques reparaissaient. Mes forces diminuaient de plus en plus et néanmoins la crainte des coups m'empêchait d'aller trouver le médecin.

Une nuit, je me sentis faiblir. Je me levai et j'allai m'asseoir sur un tronc d'arbre qui se trouvait dans la cour. Je ne pouvais plus garder mes urines et néanmoins, je suivis mes camarades, de peur d'être roué de coups, mais je vis bientôt mes jambes grossir jusqu'au-dessus du genou et, brusquement un vertige me prit et je tombai sur le sol. Mes camarades me conduisirent auprès de la rivière et me lavèrent à grande eau. Je fus alors transféré à l'hôpital de Montmédy; de là, je fus envoyé à LONGWY, d'où j'ai été dirigé sur l'hôpital Saint-Pierre, à Bruxelles. Mes jambes restent raides; il m'est absolument impossible de me tenir debout. Mon état de santé ne s'améliore pas et je ne puis faire un pas sans l'aide de quelqu'un. Avant la guerre, je gagnais 6 francs par jour. Je suis marié et j'ai un enfant.

TABLE DES MATIÈRES

TABLE ONOMASTIQUE

TABLE DES CHAPITRES

3-19. 6846

TROISIÈME PARTIE

PHOTOGRAPHIES PRISES AU MOMENT DU
RETOUR DE QUELQUES DÉPORTÉS

Les photographies ne rendent qu'imparfaitement l'état d'amaigrissement dans lequel sont revenus ces hommes dont la plupart étaient robustes. On comprendra que, par discrétion, nous ne donnions que les initiales de leur nom.

1. P. G., à Waereghem. 3. V. J. à Oostakker.
2. C. P., à Cherscamp. 4. B. P., à Gand.
5. P. C., domicilié à Termonde.

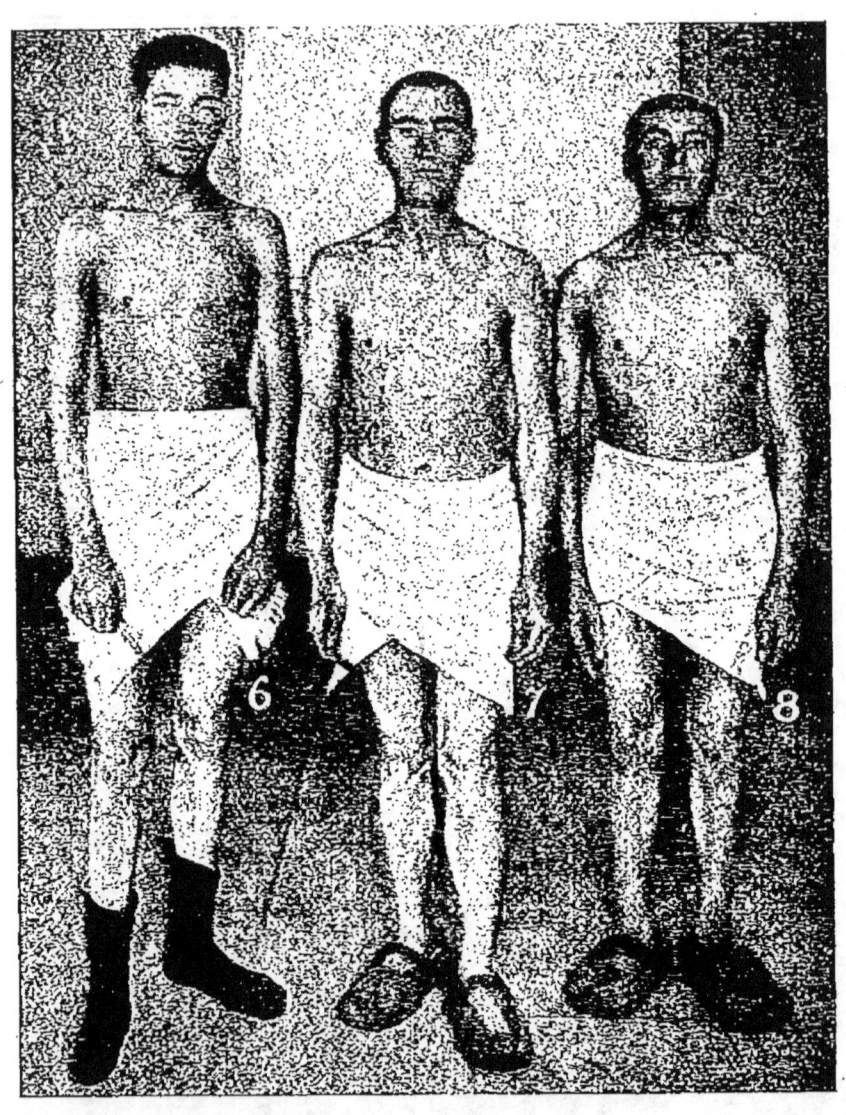

6. P. O... domicilié à Sainte-Marie-sur-Semois.
7. D. H... domicilié à Gand.
8. B. F... domicilié à Ruysselede.

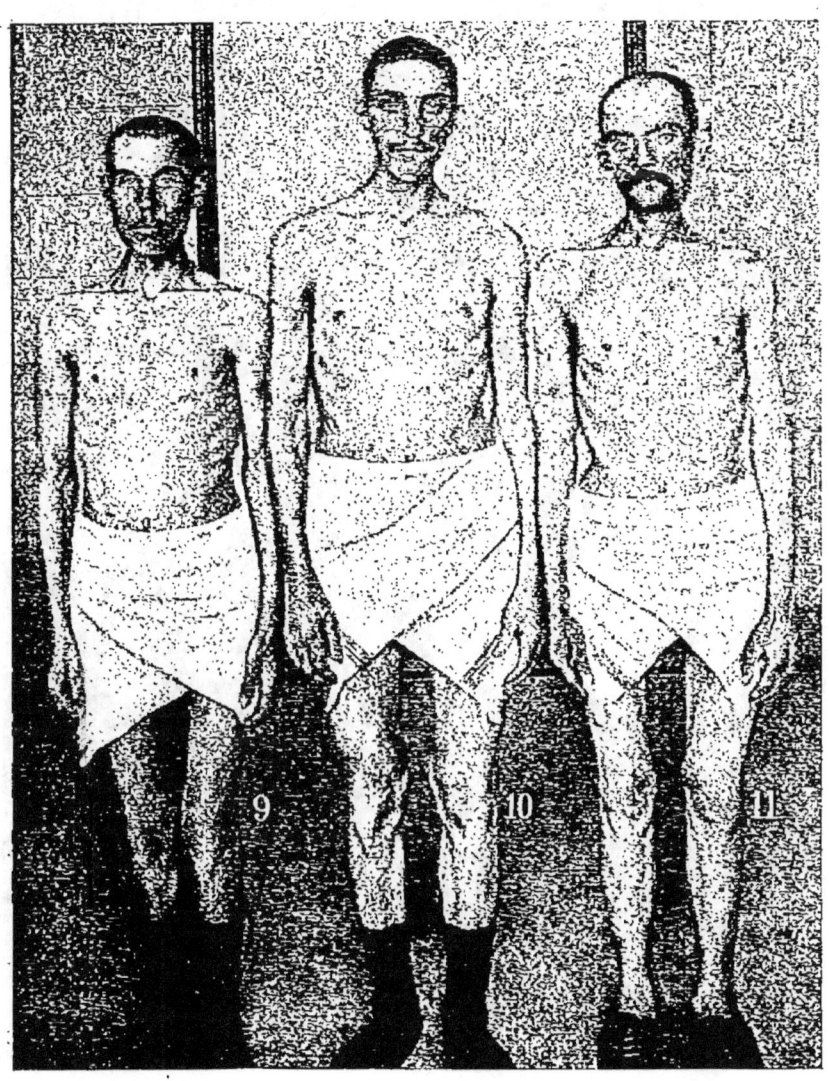

9. D. C... domicilié à Ruysselede.
10. S. E... domicilié à Villers-sur-Semois.
11. P. R... domicilié à Sleydinge.

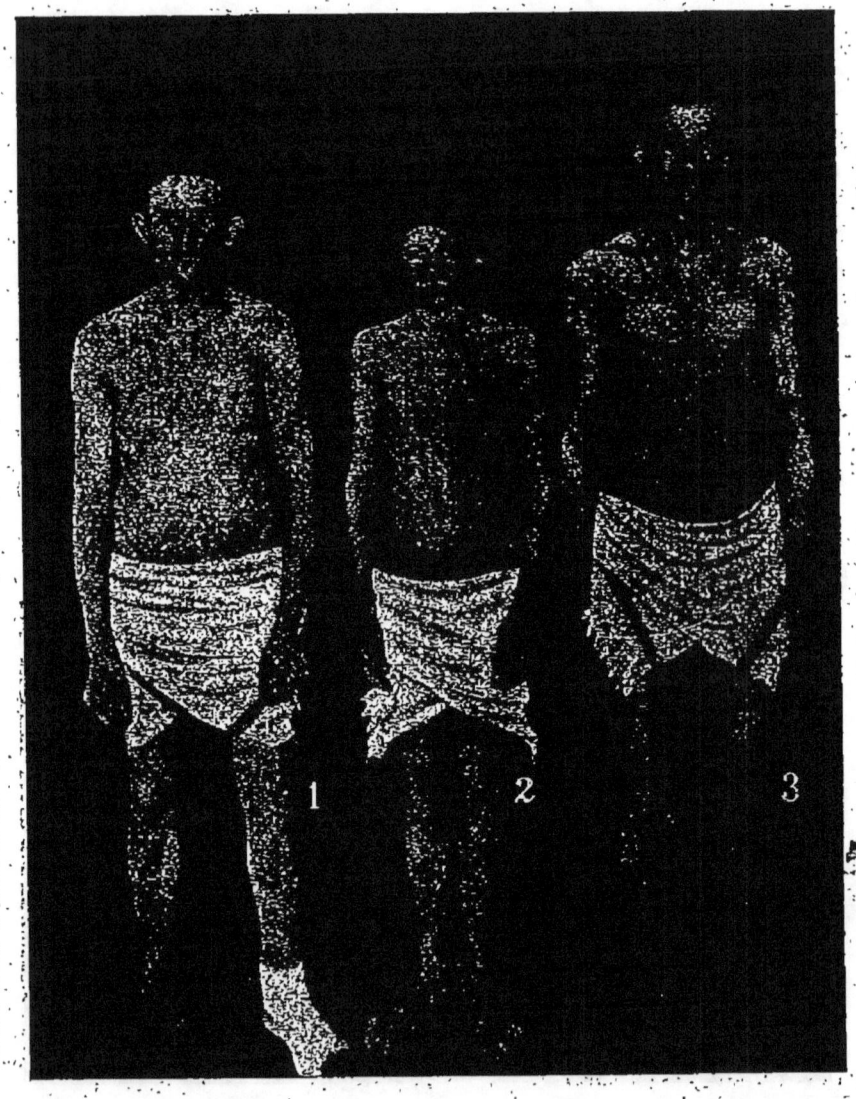

1. C. L..., domicilié à Laerne,
2. L. J..., domicilié à Sleydinge.
3. B. J..., domicilié à Erembodegem.

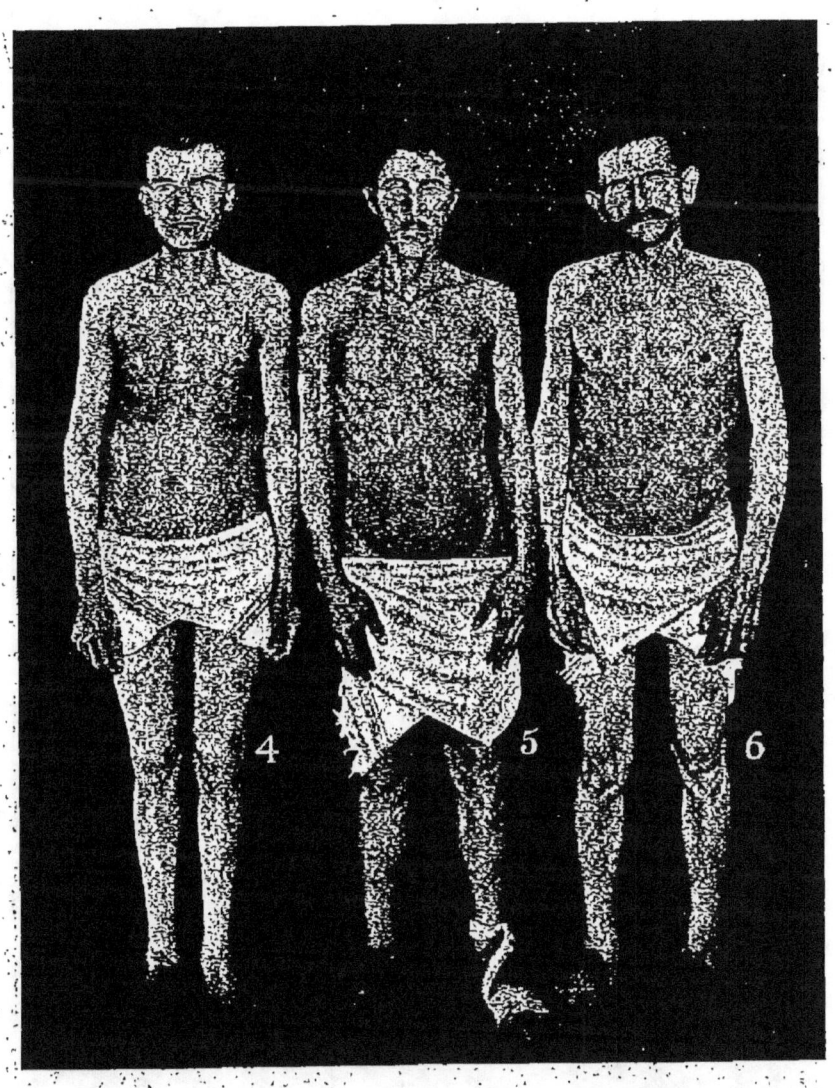

4. V. P..., domicilié à Seevergem.
5. T. G..., domicilié à Zele.
6. B. T..., domicilié à Wetteren.

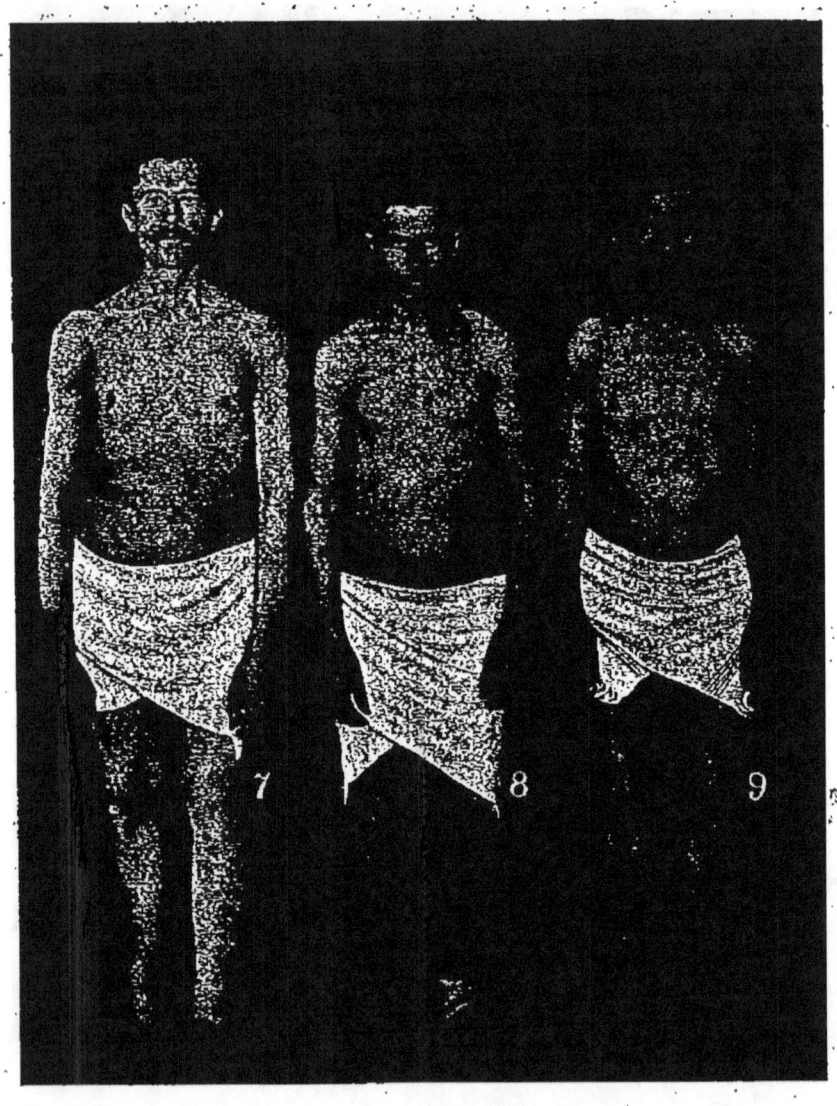

7. C. L..., domicilié à Hamme.
8. L. J.... domicilié à Mouscron.
9. B. J..., domicilié à Mouscron.

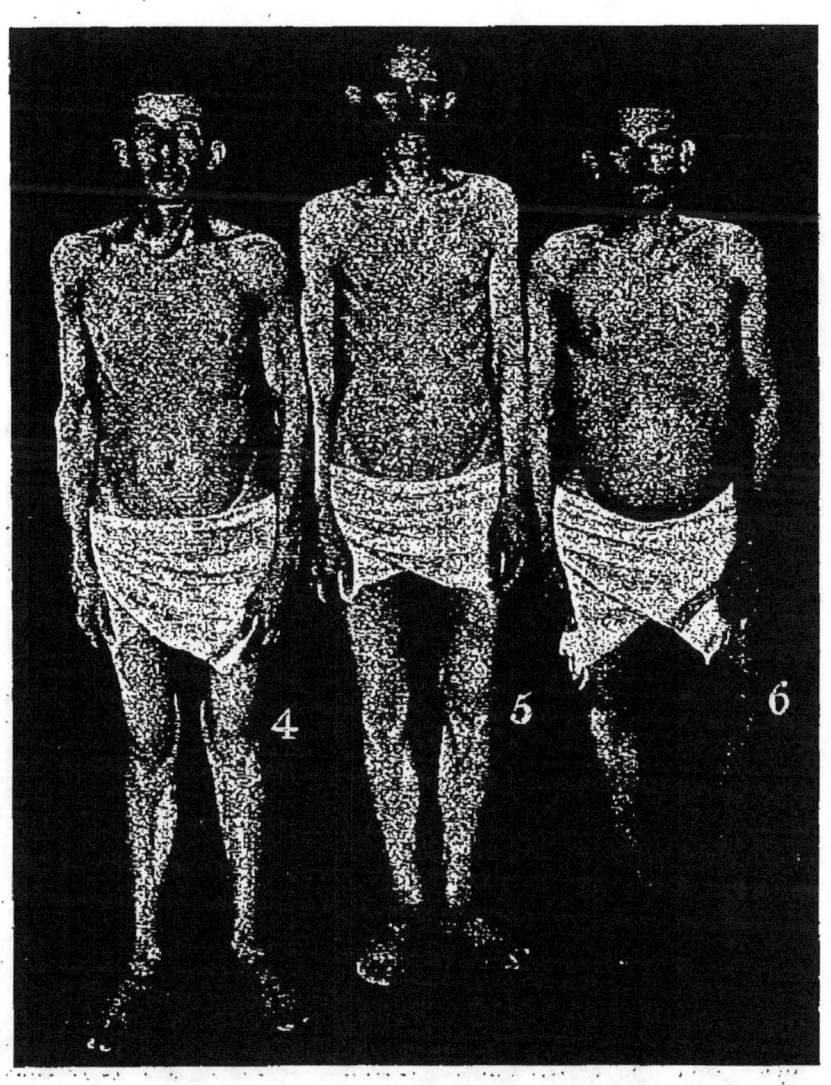

4. S. L..., domicilié à Gand.
5. D. A..., domicilié à Gand.
6. V. C..., domicilié à Vosselaere.

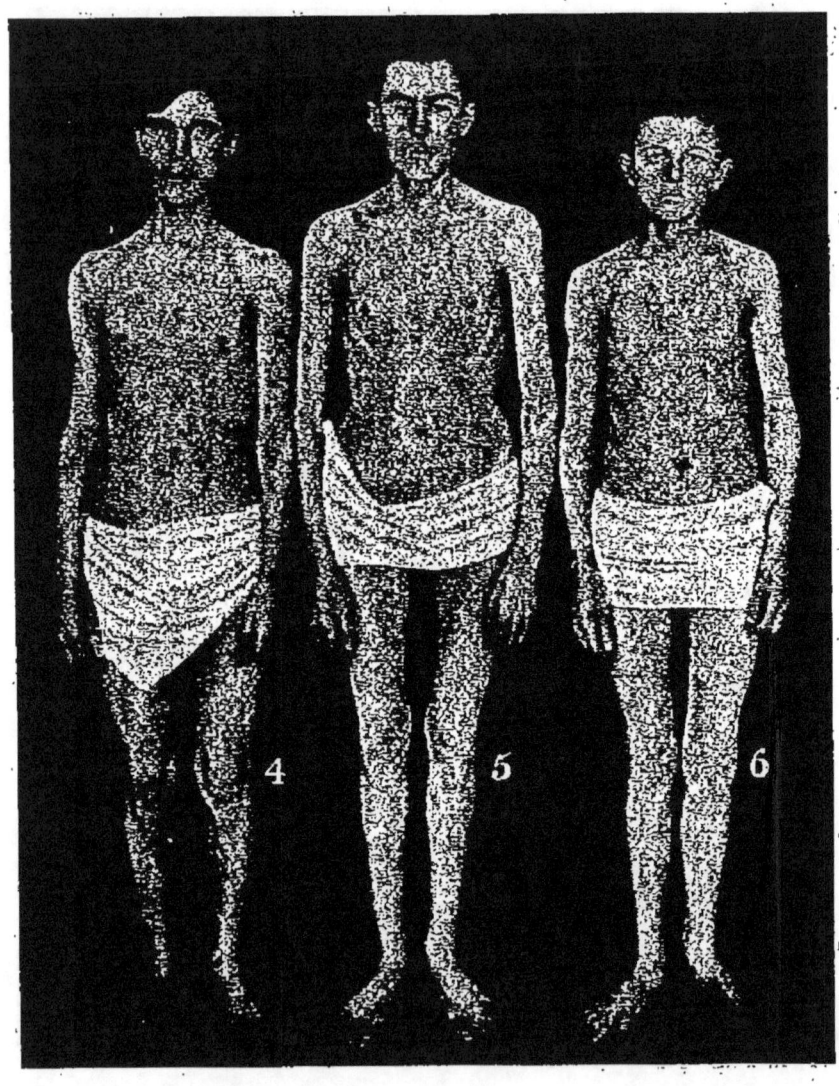

4. B. E..., domicilié à Zele.
5. E. J..., domicilié à Oostcamp.
6. D. J..., domicilié à Oedelem.

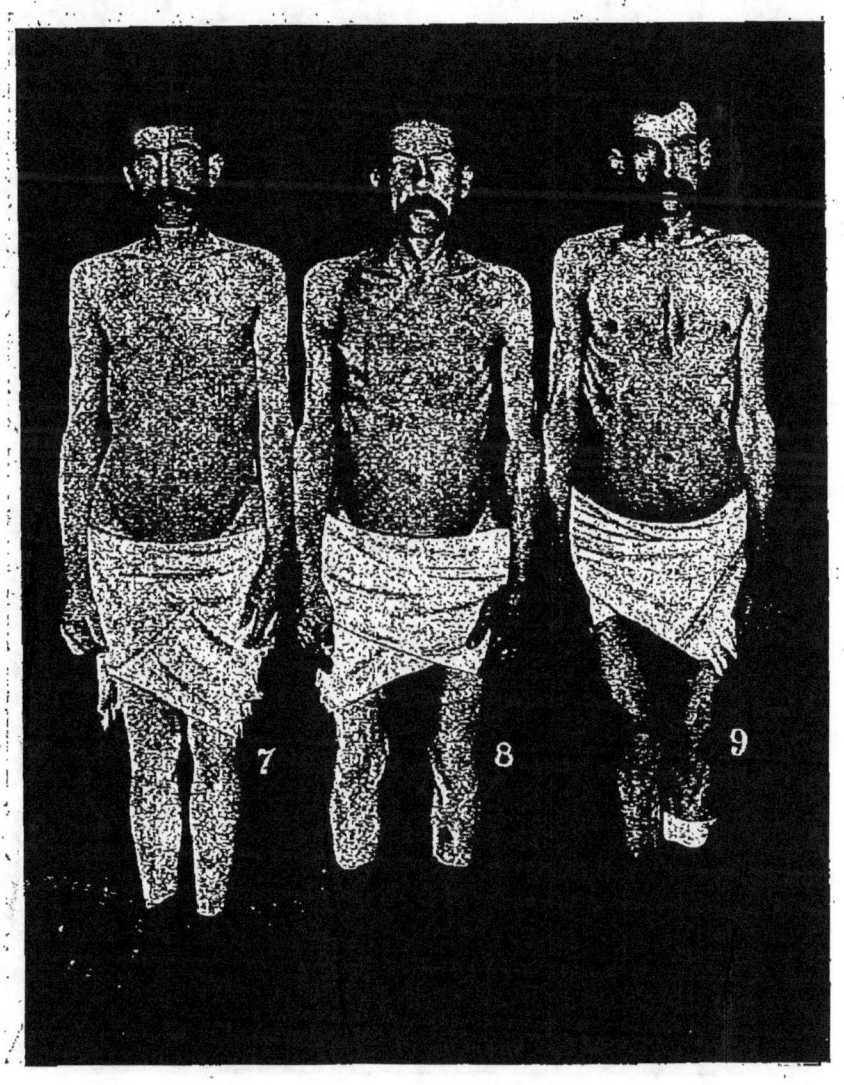

7. C. R..., domicilié à Eecloo.
8. S. H..., domicilié à Mouscron.
9. D. J..., domicilié à Mouscron.

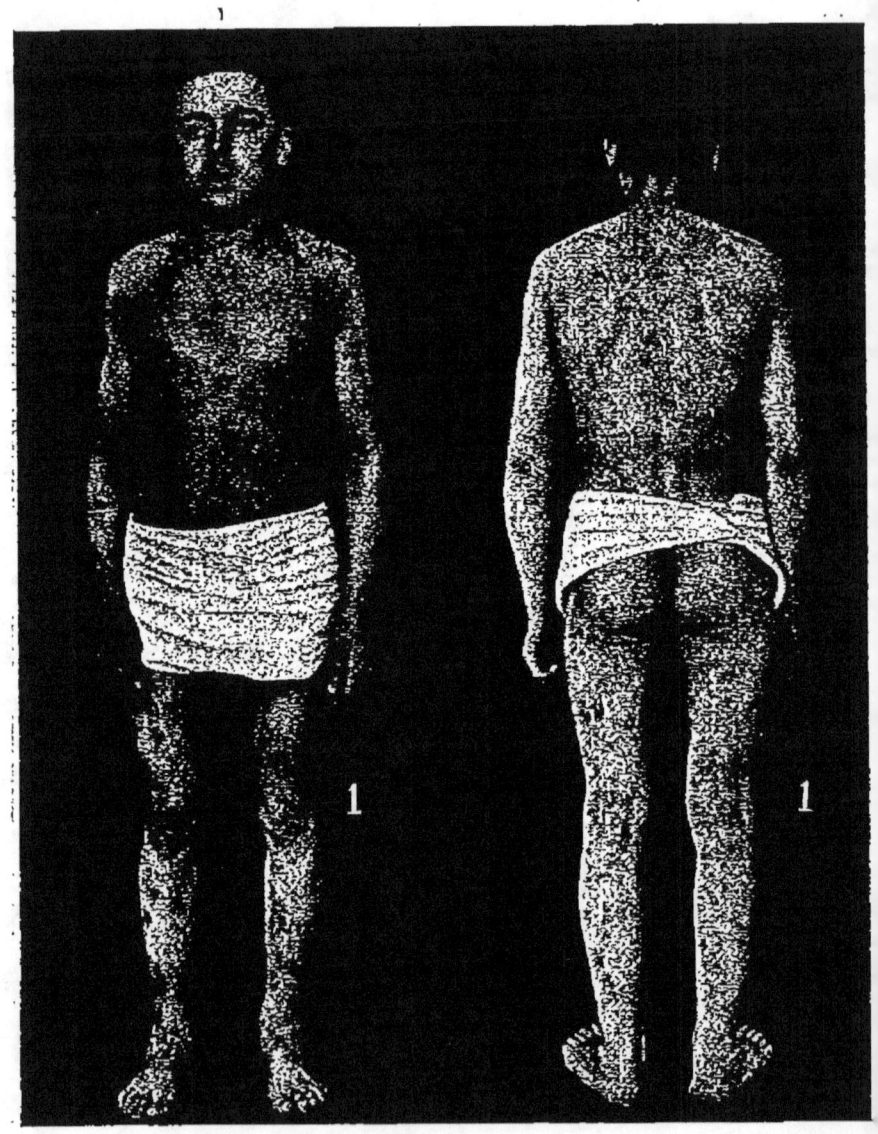

E. C..., domicilié à Bruxelles.

Les plaies aux jambes et sur le corps ont été provoquées par le travail dans les mines de sel.

BIBLIOTHÈQUE NATIONALE IMPRIMÉS

CHEZ LES MÊMES ÉDITEURS

L'HÉRALDIQUE DES PROVINCES BELGES. Texte d'ÉM. GEVAERT, illustrations de F. FIDÈLE G. 1 volume in 8° contenant les armoiries en couleurs des provinces et des villes belges.   Net : fr. 12.50

LA FIGURE HUMAINE DANS L'ART ET L'ENSEIGNEMENT, par F. FIDÈLE G., de l'École Saint-Luc. 1 magnifique vol. in-4° de 200 pages et 628 illustr. en noir et en couleur.   Net : fr. 40.00

ÉLÉMENTS CARACTÉRISTIQUES DE LA CONSTRUCTION RURALE EN BELGIQUE, analysés, classés et publiés par le Bulletin des Métiers d'art pour contribuer à l'éducation professionnelle des artisans du bâtiment. 1 volume in-4°, 96 planches et relevés avec notices explicatives.   Net : fr. 12.50
Ouvrage publié également en langue néerlandaise.

ARTS & MÉTIERS DE L'ANCIENNE ÉGYPTE, par W.-M. FLINDERS-PETRIE. Traduction et préface de JEAN CAPART. 1 volume petit in-8° de 196 pages, illustré de 140 reproductions.   Prix : fr. 7.50

ARTS ET MÉTIERS DE L'ANCIEN JAPON, par STEWART DICK. Traduit de l'anglais. Préface et chapitre nouveau par R. PETRUCCI. 1 volume petit in-8°, illustré de 290 grav. hors texte.   Prix : fr. 7.50

LOUQSOR SANS LES PHARAONS. Légendes ... ons de la Haute Égypte, par GEORGES ... directeur des travaux du service des antiquités... Karnak (Haute Égypte). 1 volume in-12 ×15), illustré de plus de 100 gravures hors autotypie.   Prix : fr. 5.00

CERCLE-BELGE DE-LA-LIBRAIRIE
HAUSSE-TEMPORAIRE-DES-PRIX
Décision du 14 octobre 1918

www.ingramcontent.com/pod-product-compliance
Lightning Source LLC
Chambersburg PA
CBHW061443030726
47503CB00005B/1542